GUANDA NOIR

In copertina: illustrazione © Ryo Takemasa, 2023
Grafica: Emilio Ignozza / *the*World*of*DOT
Progetto grafico: *the*World*of*DOT



ISBN 978-88-235-3300-4

Gianni Biondillo, Gian Andrea Cerone, Luca Crovi,
Giancarlo De Cataldo, Marco De Franchi,
Diego De Silva, Andrea Fazioli, Marcello Fois,
Leonardo Gori, Marco Vichi

# UN LUNGO CAPODANNO IN NOIR

UGO GUANDA EDITORE

# DIEGO DE SILVA

## *Gli accidentali*

La facilità con cui è possibile entrare in un albergo (soprattutto un grande albergo), circolarvi e uscirne senza dover superare alcun controllo adeguato, è addirittura disarmante, per chi fa un lavoro come il mio. Ogni mercato, si sa, è costituito da interessi che lottano per la prevalenza, e la politica tende generalmente a ridurre questo conflitto a una bassa logica sacrificale che butta dalla torre il meno redditizio dei concorrenti. Insomma, quello che voglio dire è che, nel tipo di società che ci siamo scelti, il bene della sicurezza non conta assolutamente nulla. E non conta assolutamente nulla perché ostacola la libertà di circolazione (intesa nella sua accezione più autentica, cioè come libertà di circolazione del denaro). Prenda gli aeroporti, tanto per fare un altro esempio: al metal detector non transigono su una limetta per le unghie, ma una volta varcata quella soglia nessuno le impedisce di entrare in un duty free, comprare una bottiglia di liquore, portarsela in aereo e farci una strage. Tutto questo non c'entra niente con l'etica: è una mera faccenda di soldi. La sicurezza non paga quanto l'impresa privata, e allora tanto peggio per lei.

Ho salutato il portiere con un cenno d'assenso, da ospite recente. Quello mi ha risposto con discrezione professionale, imitando automaticamente il mio gesto. Sono andato agli ascensori e ho aspettato. Una delle sale dell'ammezzato esponeva ancora il cartello di un convegno del giorno prima dal titolo RISVOLTI CLINICI FUNZIONALI E SOCIALI DEL FUMO DI SIGARETTA. Che non l'avessero rimosso m'è sembrato un segno di sciatteria, tanto più che di lì a poco sarebbe iniziato il veglione di San Silvestro, su all'attico.

C'era una cameriera, nel corridoio, che armeggiava intorno al carrello degli asciugamani. Giovane, capelli corti sapientemente spettinati, pelle olivastra, gambe dritte, bellissimi polpacci. L'ho superata senza degnarla di uno sguardo nello stesso momento in cui lei mi sorrideva di sottecchi, come rivendicando un pegno che avrei dovuto pagarle. Credo sia stata proprio la mia concentrazione su un obiettivo più importante di lei a suscitare il suo interesse. Le donne belle sono portate a interpretare come una mancanza nei loro confronti la riservatezza o anche la semplice noia di un uomo minimamente intrigante che si trovi nella stessa stanza con loro, e si sa che non c'è niente come l'indifferenza a generare il desiderio di stabilire un contatto. Non che non mi succeda, e pure spesso, di sentirmi addosso l'attenzione di una bella donna. Sono un uomo naturalmente elegante, ho un corpo atletico che conservo facendo molto esercizio e mangiando quanto mi basta, so muovermi con esperienza e disinvoltura negli ambienti più diversi, parlo tre lingue. La mia figura, specie da ferma, esprime una severità particolare che spinge le donne, per contrasto, a stabilire con me un'intimità che serve loro a ridurre proprio quella distanza che le ha convinte a concedersi. Ma la vera spiegazione di questo successo di pubblico femminile – che non avevo a vent'anni, perché a vent'anni, com'è noto, non si capiscono le donne –, credo, è che sembro uno che sta andando da qualche parte. E le donne amano chi sta andando da qualche parte, soprattutto se non hanno alcuna idea di dove vada.

Comunque: ho superato la cameriera e sono andato dritto alla stanza che cercavo, con la cartellina sotto braccio, dove tenevo la lastra radiografica che ho fatto scivolare nella fessura della porta per aprire la serratura. La camera, come avevo immaginato, era inutilmente ampia. Gli arricchiti hanno un'idea del benessere atavicamente legata al molto, sicché anche per concedersi un'ora di sesso prenotano una suite in un albergo a cinque stelle. Lo stesso motivo per cui al ristorante ordinano dall'antipasto alla grappa, comprano dieci cravatte per volta o scelgono macchine costosissime e impossibili da parcheggiare, che in realtà detestano.

Il bagno era nell'anticamera della zona letto, sulla parete di sinistra. La porta era socchiusa; la luce, all'interno, accesa. L'acqua del rubinetto scorreva. Facendo attenzione a non farmi vedere troppo presto, mi sono spinto all'indietro spiando verso il letto. La ragazza stava distesa, le gambe accavallate; guardava la televisione a volume quasi azzerato, e fumava. Come si possa fumare in posizione distesa non l'ho mai capito. Sulla moquette, fra il letto e il mobile bar accanto al televisore, c'erano i suoi collant e un paio di mocassini Prada.

Sarà stato quel dettaglio a farmi scattare il senso di vuoto che provo sempre quando m'imbatto negli accidentali. Per quanto sappia già in partenza che quasi certamente dovrò occuparmi anche di loro, non riesco a non accusare questo sintomo. E non è una ricaduta morale di quel tipo di contingenza, un osservarsi all'improvviso dal di fuori e capire cosa si sta facendo (al limite, ravvedersi e fallire volontariamente l'incarico): se vuoi fare una frittata, è ovvio, devi rompere qualche uovo. Il problema, piuttosto, è che gli accidentali ti danno la misura finita della tua pochezza di esecutore. Capisci cioè di essere un facente funzioni incapace di decidere, privo di qualsiasi margine d'autonomia, buono per svolgere un incarico e anche un altro che non c'entra direttamente con quello che ti è stato affidato. E non è una bella scoperta. Gli esecutori d'ordini, per quanto si sforzino di rigirare l'argomento in maniera più o meno dignitosa, sono dei mediocri che sperano di sottrarsi alla punizione in nome dell'ubbidienza, che dunque ritengono (o fingono di ritenere) un valore più alto di quello della responsabilità. Quando dicono: « Ho solo ubbidito a degli ordini », dichiarano, in buona sostanza, di non contare assolutamente nulla. Di non essere assolutamente nulla. Negano un'appartenenza a un'idea che invece hanno condiviso fino al punto di esserne stati le braccia. Mi domando cosa se ne faccia uno della libertà, se la ottiene per una strada così ignobile.

Ho aperto piano la porta del bagno. L'aria era vaporosa, per via del rubinetto dell'acqua calda aperto. Lui era mezzo curvo e nudo davanti al lavandino. Poggiava i piedi su un asciugamani che aveva disteso sul pavimento a mo' di tappeto. Non mi ha neanche visto entrare, concentrato com'era allo specchio retrattile avvitato alla parete laterale sinistra (quelli con il braccetto a fisarmonica). Cercava di circoscrivere con i pollici un punto nero nei dintorni del naso. Aveva il viso rivolto verso la parete, e lo sguardo opposto, sbilenco. Era un po' ridicolo, in quella posizione goffamente contorta e senza niente addosso.

Ho schiacciato il pulsante dello scarico, contemporaneamente. È crollato in avanti, come doveva. Restando alle sue spalle gli ho raccolto il viso nella mano libera, da genitore che regge la fronte a un figlio che vomita. Poi l'ho accompagnato fino al pavimento, stringendo le labbra in una smorfia affaticata dallo sforzo che l'improvviso peso acquistato dal corpo mi comportava. A guardarmi in quel momento, ci scommetto, sarebbe sembrato che soffrissi con lui. Che partecipassi solidalmente alla sciagura. La testa l'ho avvolta nell'asciugamani che poco prima usava come tappeto. Ho lasciato aperto il rubinetto.

Io non è che lavori tantissimo. Svolgo dai tre ai cinque incarichi all'anno, e tutti di un certo livello. Sono sempre stato molto attento a non inflazionarmi, mirando a una reputazione indiretta, mai personale, limitata esclusivamente al mio ambito. A mio giudizio, la durata di un buon professionista sul mercato dipende da un'attenta gestione dell'assenza. Non sono come quei macellai che cercano di costruirsi la fama attraverso l'efferatezza e hanno una concezione calcistica del lavoro: contano i gol che hanno segnato, e in fondo aspirano a un pubblico che li riconosca per nome e cognome. Hanno un concetto volgare della carriera, e soprattutto del successo. Non hanno capito che questo lavoro si svolge dietro le quinte, mai sul palcoscenico. Lei ricorda per caso il nome di uno scenografo, un direttore della fotografia, uno sceneggiatore, un costumista, un truccatore di un film anche famoso che ha visto di recente? Io ho quarantacinque anni, faccio questo lavoro da tredici e non ho mai, e dico mai, fallito un incarico. Nemmeno questo, in fondo. Sono discreto, essenziale, chirurgico. Ricucirei, se avessi tempo. Del resto, stavo per diventare un medico. Studiavo volentieri, ero bravo. Ho abbandonato l'università perché non avevo fiducia nella vita. Un niente può devastarla, renderla monca, infelice, tremendamente faticosa, per sempre. La vita è capricciosa. Incoerente. Infantile. Imprendibile. Inspiegabile. Instabile. Irriconoscente. Non si può avere un rapporto con lei.

Quando compilai il modulo di rinuncia agli studi, fu più di un docente a telefonare per domandarmi che cosa mi fosse preso, e se potesse fare qualcosa per convincermi a tornare sui miei passi. Queste manifestazioni di stima mi gratificarono molto, ma non riuscirono a suscitare in me alcun ripensamento. Ancora oggi, sono convinto che se fossi arrivato alla laurea avrei curato adeguatamente i miei pazienti (perché mi sarei applicato senza risparmio negli studi), ma in fondo sarei stato un pessimo medico.

Comunque, dicevo, ho la pretesa di lavorare seguendo i miei metodi. Non accetto suggerimenti o indicazioni in ordine alle modalità di esecuzione di un mandato, né potrei mai assecondare le rozze voglie vendicative di un cliente che chieda una prestazione simbolicamente predefinita. Il mio lavoro non lascia tracce di esempio e non trasmette insegnamenti per bocca di terzi: è puro risultato. Io non procuro sofferenza, non trascino, non dilaziono, non infierisco; e disprezzo chi lo fa. Mi disgustano quei nevrotici patologicamente portati alla strage (quindi all'eccesso, al troppo), che in circostanze professionali perdono le staffe e sfogano i loro istinti più bassi. La mia opinione è che quanto più riesci a oggettivare il lavoro che fai, trattandolo con distacco e minima partecipazione, tanto meglio lo svolgi. Perché lo semplifichi. E la semplificazione, contrariamente a quello che si pensa, non ha niente a che vedere con l'approssimazione: è un'operazione raffinata. È l'invenzione di una strada breve e senza dossi che porta a un risultato raggiunto da pochi. Rendere semplice – nel senso di far sembrare semplice – quanto non lo è affatto, è esattamente ciò che intendo per talento e mestiere (mestiere, non professione: la professione – che è alla portata di tutti – è puro metodo, sistematicità; non ha nulla a che vedere con il contenuto).

Stavo per uscire quando ho sentito spegnere il televisore. Allora ho chiuso la porta a chiave e sono rimasto dentro; immobile, dietro la porta. Ho sentito i passi della ragazza, morbidi e leggeri, sulla moquette. Ha abbassato la maniglia, poi ha bussato alla porta. L'acqua scorreva ancora. L'ha chiamato per nome. Sono rimasto in silenzio. Provare a falsificare la voce sarebbe stato ridicolo, oltre che maldestro. È stato quell'indugio – ora lo so – a determinare quello che è successo in seguito. Avrei dovuto agire immediatamente. Attraverso la porta, senza aspettare un istante di più.

Ho un agente, prende il nove per cento. Ricevo periodicamente una telefonata (in anonimo) su una linea che tengo appositamente per questo (l'attivo per tre ore esatte, tre volte alla settimana), e in giornata mi reco al suo studio. Lui mi riceve, e nella segretezza del suo ufficio mi affida l'incarico. A volte mi consegna una busta con le coordinate del mandato, e mi congeda dopo pochi minuti.

Non ho mai incontrato un committente. Non ho la più pallida idea di chi siano le persone che beneficiano dei miei servizi. E non credo che il mio agente ne sappia più di me. Non necessariamente. È un professionista affermato, appartiene a uno studio importante che vanta una clientela di altissimo livello. Non intendo fare il suo nome.

Sia chiaro, non sono fedele al mio agente perché lo stimi o gli sia legato da sentimenti di amicizia o d'ammirazione. Lo considero, da sempre, un mediocre. Compatisco i suoi modi, il teatrino che inscena ogni volta che parla, i legni pesanti del suo studio, la trama dei tessuti dei suoi vestiti. Malgrado abbia fatto i soldi, e possa certamente vantare delle qualità professionali nel suo campo (tant'è che non ho mai pensato di sostituirlo con qualcun altro), non è riuscito ad affrancarsi da quella rozzezza somatica e gestuale che deve avere ereditato dalla sua famiglia insieme a una calvizie precoce. Io lo guardo, e non mi sfuggono mai la durezza inguaribile dei suoi tratti, la nodosità delle mani, lo spessore delle dita, la barba ispida e dura che s'intravede dietro l'ombra verdastra delle guance appena rasate, e immancabilmente m'immagino suo padre rientrare al tramonto dai campi, richiamando le bestie dal pascolo con un suono animalesco, di pancia. Ogni volta che mi ritrovo seduto dall'altra parte della sua scrivania compio questa piccola indagine sul suo viso e lui, ogni volta, se ne accorge. Sa che l'ho riconosciuto e classificato, e questo lo offende. Tuttavia non riesce a detestarmi come vorrebbe, perché mi ammira al punto da non riuscire a sviluppare nei miei confronti un'invidia distruttiva. Mi accorgo di quanto la mia presenza lo influenzi. Come cerchi subito, senza nemmeno rendersene conto, di imitarmi. Come accavalli le gambe e incroci le dita posandole sul ginocchio nell'accingersi a illustrarmi l'incarico. Ma è peggio, diventa ancora più eccessivo e maldestro, le sue mani tozze non sono fatte per quella postura, i pantaloni gli si gonfiano sempre un po' troppo in vita e la camicia acquista degli sbuffetti che gli conferiscono una trasandatezza paesana per affrancarsi dalla quale non ci sono soldi che bastano. Io allora lo compatisco, lui se ne accorge e ci soffre. Ma non infierisco. Se c'è una cosa di cui posso andare orgoglioso è non aver mai approfittato di una condizione di favore a discapito di qualcun altro. Con il mio agente mi comporto con naturalezza, senza enfatizzare uno solo dei miei gesti o dei miei silenzi. Prendo il mio incarico (o non lo prendo: nessuno mi obbliga) e lascio il suo studio. Non tratto sul prezzo, e sono io a stabilire le modalità del pagamento.

Comunque, dicevo, il mio agente è un individuo mediocre. In lui non c'è la minima traccia d'impegno volto a un miglioramento, a una correzione dei difetti di cui per primo subisce le conseguenze. Svolge una professione intellettuale, eppure in tanti anni di frequentazione del suo studio (sia pure entro i limiti di cui ho detto) non ho mai visto un solo libro sulla sua scrivania o sugli scaffali che corrono lungo le pareti dell'ufficio. Un libro, intendo, che non rientrasse fra quelli specificamente inerenti al lavoro. E le riviste che ricoprono i tavolini bassi della sala d'aspetto sono rotocalchi da portineria, pettegolezzi illustrati riguardanti la vita di personaggi televisivi sulla via del tramonto, giornaletti ridicoli di cui un qualsiasi impiegato del catasto che guarda il telegiornale a ora di cena si vergognerebbe. È un ignorante, insomma. Ha tutta la supponenza dell'arricchito unita alla frustrazione di sapere (perché lo sa) che non potrà mai comprare quello che realmente vorrebbe. Non sarà mai come me, e questa consapevolezza lo renderà sempre, inevitabilmente, infelice.

Ho aperto la porta, all'improvviso. L'ho afferrata per la testa, tirandomela contro come se avessi voluto baciarla. Lei ha emesso un gemito infelice, da bambina punita, mentre con la mano destra le tappavo la bocca. Ha subito lanciato lo sguardo verso il basso, e l'ha visto. L'urlo mi è entrato nella mano, anche se gliel'ho spento facilmente. Gli occhi le si sono riempiti di lacrime. Aveva soltanto le mutande, addosso. Il bagno era ancora pieno di vapore. Allora ho chiuso il rubinetto e mi sono asciugato la fronte. Poi ho tolto la mano. Mi ha guardato senza nessun orrore.

Disprezzo.

Soltanto disprezzo.

Non era per niente legata alla vita.

Come me.

Non so perché l'ho lasciata andare. Non so perché si fanno le cose. Lei lo sa? Non avevo più voglia di fare questo lavoro, probabilmente. O non ne potevo più degli accidentali, e del senso di vuoto che mi hanno sempre causato. Forse, l'avere incontrato il giudizio nello sguardo di quella donna mi ha permesso di ricomporre una verità che mi portavo dentro, frantumata, da tempo. È bello, una volta tanto nella vita, mandare tutto alla rovina. Così, senza sapere esattamente perché, soltanto per il gusto di farlo. Sfasciare in una volta tutto quello che hai costruito. In fondo, se ci pensa bene, è un modo di conservare.

E insomma, l'ho portata in camera. Le ho detto di sedersi. Tremava come se a un tratto nella stanza fosse piombato l'inverno.

Copriti, se vuoi, le ho detto.

Si è infilata sotto le coperte. Anche la testa.

Ci sono rimasto malissimo.

Allora le ho raccontato di me. Ogni cosa. Ogni dettaglio. Le ho detto il mio nome e il cognome. E dove abitavo.

Avrei tanto voluto che mettesse fuori la testa, anche soltanto per guardarmi.

Non l'ha fatto.

Solo, a un certo punto, m'è parso di sentire un singhiozzo.

Sono rimasto nella stanza ancora per poco, poi sono uscito, con il senso di vuoto che mi faceva camminare al rallentatore.

Nell'andarmene, il portiere dell'albergo mi ha augurato buon anno.

Buon anno a lei, ho risposto.

E sono uscito sulla strada, indisturbato.

Poi è andata come sa.

Non ho altro da dirle, signor giudice.

# GIANCARLO DE CATALDO

## *'O Zuzzuso (Roma, 1971)*

Il Direttore sedeva al tavolo d'onore del suo ristorante preferito. Da qualche mese collaborava, con uno pseudonimo vagamente esotico, come esperto gourmet, a un settimanale di sinistra. Cosa alquanto insolita, considerato il suo presente di capo di un ufficio strategico dei servizi di sicurezza. Scortato da Annibale, si accostò al tavolo un quarantenne imbrillantinato. Si chiamava Momo Sangiacomo. Si definiva «giornalista della notte». In realtà era un mestierante, a metà strada fra l'informatore e il calunniatore prezzolato. Redigeva praticamente da solo un giornaletto scandalistico. Senza perdere tempo nei convenevoli, il Direttore estrasse dalla valigetta nera, dalla quale mai si separava, una carpetta. Momo l'aprì e contemplò la fotografia in bianco e nero che conteneva. Poi ebbe un sussulto.

«Eccellenza, ma questo è...»

«Conosciamo entrambi il nome... perché sprechi il fiato?»

«Mi perdoni, eccellenza. Solito trattamento?»

«Di pelo e contropelo.»
«C'è qualcosa che devo sapere, eccellenza?»
«Non si è ancora deciso fra il frutto del fico e quello del banano.»
«Messaggio ricevuto.»
Il Direttore congedò Momo con un cenno gelido. Il giornalista rinculò inchinandosi. Il Direttore gli faceva paura. Pagava bene, ma si vedeva che era uno pericoloso. Momo sapeva che lo chiamavano 'O Zuzzuso, lo sporcaccione. Il soprannome alludeva all'origine napoletana e sottolineava che lo si riteneva capace di architettare, e soprattutto di condurre in porto, ogni possibile nefandezza. Annibale servì personalmente la minestra di arzilla. Prima di assaporare la cucchiaiata d'avvio, il Direttore spense il registratore che aveva fatto installare sotto il tavolo d'onore. Non c'era conversazione che non finisse nel suo sterminato archivio personale. Soffiò sul cucchiaio e assaggiò la minestra. L'eccesso di pepe lo colpì sgradevolmente, e si ripromise di segnalarlo ad Annibale.

La pioggia che si abbatteva da tre giorni su Roma aveva trasformato le strade in una congestionata successione di penosi acquitrini. Era notte fonda, e non c'era un'anima in giro. Nessuno si accorse dei tre individui che si erano avventurati lungo la discesa che dall'isola Tiberina porta alla sponda del Tevere.

Tre eccentrici, tre pazzi, o forse tre ubriachi, come sembrava suggerire l'andatura sbilenca: un passo a destra, una sbandata a sinistra, come se mantenersi diritti fosse un esercizio impossibile. Ce n'era poi uno, quello al centro, che sembrava non reggersi nemmeno in piedi. Ed era così, in effetti. Il tizio non era in grado di mantenere la posizione eretta. Non ci sarebbe mai più riuscito, dal momento che era morto.

«Ma quanto pesa! Me pare un bove!» ansimò uno dei due viventi, quello più alto.

«Daje, che semo arrivati» rispose l'altro.

Erano giunti, infatti, sulla riva del fiume. Le acque, gonfiate dalla piena prodotta dal prolungato temporale, mugghiavano tempestose. I due viventi rabbrividirono. Il selciato era un pantano scivoloso. Un passo falso e sarebbe stata la fine.

«Aiutami a levargli il paltò.»

«Che schifo.»

«Su, dai, prima finimo e prima se damo!»

Eseguirono l'operazione sforzandosi di distogliere lo sguardo da quelle carni flaccide dal colorito livido.

«Lasciagli le mutande.»

«Ma perché a noi ce toccano sempre 'sti lavori de schifo, eh, me lo sai dire tu?»

«Ahò, e statte un po' zitto, che me fai perde la concentrazione...»

Finalmente riuscirono a liberare il corpo dal pesante cappotto di cammello. Quello più basso era rimasto impressionato dalla qualità del capo.

«Anvedi, ahò, roba d'alta sartoria. Quasi quasi...»

«Anvedi te, non ti facevo capace di metterti il cappotto di un morto...»

«Tanto mica s'offende...»

Scappò a entrambi una risata beffarda. Seguì un movimento scomposto, e il cadavere, zuppo e viscido, per un istante sfuggì alla loro comune presa, abbattendosi al suolo con un sordo schiocco di ossa rotte.

«Oh, attento!»

«'tacci, è scivolato!»

«Che botta!»

«E che je frega? Più morto de così...»

A fatica, riuscirono a raddrizzarlo. Il resto non comportò particolari difficoltà: bilanciarono il cadavere, lo sollevarono reggendolo uno per i piedi e l'altro per le spalle, lo fecero ondeggiare finché non furono abbastanza sicuri della traiettoria, e infine lo consegnarono alle acque. Il corpo volteggiò per un breve momento, sorretto da un'increspatura della corrente, e poi cominciò il suo mesto viaggio verso il nulla.

«Io però 'na pietra ce l'avrei messa, così, per sicurezza» chiosò quello alto, cacciando le mani nelle tasche. Salvo poi immediatamente ritrarle: le tasche erano bagnate e gelide anche loro, nessun conforto poteva venire da quella parte.

«Il capo è stato categorico» gli ricordò il compare.

«Sarà.»

«Annamosene, va'.»

E risalirono lesti la china. Qualche istante dopo erano a bordo della Fiat 130 metallizzata, il pensiero già proiettato sulle mogli e sui figli che sicuramente dormivano, sulla pastasciutta fredda che li attendeva nel piatto coperto da un altro piatto del servizio ordinario, sulla puntata ormai persa del Rischiatutto.

«Che vita infame!» fu l'epitaffio di quello alto, che si era messo alla guida.

«Puoi dirlo forte, collega» lo confortò l'altro.

Il vicecommissario Vittorio Tancredi, primo al suo corso in accademia, era di turno quando il cadavere affiorò all'altezza del Ponte dell'Angelo. Era il 20 dicembre, e la pioggia incessante aveva trasformato in un incubo il già caotico traffico della capitale. Il corpo presentava lividi e tumefazioni, ma non doveva essere stato a mollo a lungo, perché la saponificazione non era ancora iniziata e nel complesso appariva integro. Era completamente nudo, a parte un paio di slip slabbrati.

«Omicidio» sentenziò Tancredi, suscitando lo scetticismo dei colleghi anziani, più inclini a ipotizzare un suicidio o una disgrazia.

Tancredi fece fuoco e fiamme per assicurarsi il

caso. Non foss'altro perché si trattava del suo primo morto, e lui voleva spaccare il mondo. Alla fine, i colleghi cedettero di buon grado: se il novellino voleva accollarsi la rogna, prego, si accomodasse. Tutto dipendeva dall'autopsia. Ma tre giorni dopo il rinvenimento, il capo della Omicidi lo informò che non ci sarebbe stata nessuna autopsia. Il morto era stato identificato per tale John Stone, cittadino americano. Era arrivato a Roma due giorni prima per presenziare, in qualità di traduttore, a un incontro organizzato dall'ambasciata di via Veneto. La procura aveva rilasciato il nullaosta e la salma era stata restituita alla famiglia. In questo momento era in volo verso la California.

«Ma siamo fuori dal mondo! Si sta coprendo un omicidio...»

«Tancré, vedi di darti una calmata. Quello, l'americano, era un po' svitato. Gli piaceva il tuffo nel fiume, come quell'altro, hai presente, Mister Ok... quel tizio che ogni Capodanno si butta al fiume e si fa una nuotata... solo che a questo John Stone le cose sono andate storte, gli avrà preso una sincope, che ne so io... comunque, ormai la storia è chiusa. Prenditi qualche giorno e ci vediamo all'anno nuovo!»

Vittorio Tancredi decise che la rapida conclusione della vicenda non lo convinceva affatto. Si mise a indagare per suo conto. Stone, scapolo, aveva preso alloggio in un piccolo albergo del centro. Tancredi ci andò. Il concierge, al quale si presentò in veste ufficiale, fu quanto meno reticente. Decise di cambiare approccio. Unse due camerieri e un portiere di notte. Spuntò una telefonata che l'americano aveva fatto a un certo numero. La sera in cui era scomparso era uscito vestito di tutto punto. Altro che tuffo nel Tevere! Per sapere che numero era stato chiamato si giocò metà del magro stipendio, ma alla fine guadagnò una traccia sicura. Compose quel numero. Al terzo squillo rispose una voce femminile. Bassa, roca, sensuale.

«Con chi parlo?» chiese lui.

«Veramente questa domanda spetterebbe a me» si sentì rispondere.

Era partito col piede sbagliato.

«Sono un amico di John Stone.»

«Chi?»

«Il signore americano che...»

La conversazione fu brutalmente troncata. Si fece acutissima la sensazione di aver messo le mani su qualcosa di scottante. Dalla SIP ottenne un indirizzo. Corrispondeva a un appartamento al quinto piano di uno stabile signorile in via del Lavatore, a due passi dall'albergo. Tancredi bussò ripetutamente. Non gli fu aperto. Ritentò la mattina successiva, e poi il pomeriggio. Senza successo. Passarono il 24 e il 25 dicembre. Sua madre era salita dalla Puglia per trascorrere qualche giorno con lui. Lo trovò distratto, nervoso. La partenza di lei fu una liberazione. Il 26 si appostò fuori dal palazzo. Annotò con scrupolo chi entrava e chi usciva. Fece lo stesso il 27, e alla fine lo schema gli fu chiaro. C'erano gli inquilini che andavano e venivano. Nel pomeriggio arrivavano, separatamente, due o tre ragazze dall'aria niente affatto vistosa. Non abitavano in quel palazzo e non facevano parte della servitù dei residenti. Dalle prime ore della serata si affacciavano, uno o due al giorno, uomini di una certa età, molto eleganti. Tancredi aveva riconosciuto un volto noto della televisione e un politico del partito di governo. Alle tre del mattino le ragazze che erano entrate nel pomeriggio andavano via, con l'aria stanca. Il 28 fermò una brunetta dall'aria spigliata che aveva notato nei giorni precedenti. Si finse giornalista: era al corrente dei traffici che si svolgevano in quel palazzo, ma non aveva abbastanza denari per essere ammesso, e del resto era a Roma da poco tempo e non conosceva nessuno. La ragazza gli sorrise, considerò con una certa benevolenza quel ragazzone piuttosto belloccio, i suoi occhi profondi, l'aria gentile e un po' imbranata, e gli chiese che cosa volesse da lei.

« Be', quello che vogliono tutti i giornalisti » sorrise lui, disarmante, « un'intervista. »

« Non so se è il caso... »

« Garantisco l'anonimato più assoluto » la rassicurò.

«Va bene, tesoro. Ma dammi dieci minuti: avviso la signora e torno da te.»

«Grazie...»

«Marina.»

«Marina. Io sono Vittorio.»

I dieci minuti di attesa diventarono quindici, poi venti, poi mezz'ora, poi un'ora. Altre ragazze continuavano ad affluire, e i primi gentiluomini varcavano la soglia con l'aria chi indifferente chi colpevole. Vittorio Tancredi comprese che la ragazza l'aveva ingannato e con un sospiro si arrese. Aveva percorso pochi metri per allontanarsi dal portone di via del Lavatore quando si sentì chiamare.

«Vittorio! Vittorio!»

Era lei. Così, alla fine, aveva deciso di parlargli. Si voltò, con un sorrisetto di trionfo. Marina non era sola. Con lei c'erano due facce poco raccomandabili. Avanzavano alla sua volta e l'espressione non era affatto rassicurante. Girò i tacchi e se la diede a gambe.

La mattina del 29 il vicecommissario Tancredi si presentò negli uffici della Buoncostume e chiese di conferire con il dirigente.

«Come posso aiutarti, collega?»

«Ho scoperto una casa d'appuntamenti nel centro di Roma. C'è di mezzo un omicidio. L'americano nel Tevere...»

«Ma non si era tuffato per fare come Mister Ok?»

«Quella è la versione ufficiale. L'americano è andato in questa casa e lì lo hanno ammazzato, e poi hanno truccato tutto...»

«Guarda, collega, io apprezzo lo spirito, ma se esistesse un posto così nel centro di Roma sono sicuro che ne sarei a conoscenza. Comunque, indagheremo. Grazie per la dritta, ma adesso tornatene a casa.»

L'uomo alto vestito di grigio scosse la testa, visibilmente contrariato.

«Io l'avevo detto che 'sta storia finiva male!»

«E quando l'avresti detto?» lo contrastò l'altro uomo, quello più basso, anche lui vestito di grigio.

«L'altra sera, quando pioveva.»

«So' dieci giorni che piove, cerca di essere più preciso.»

«Annamo, che hai capito!»

«Eh, ho capito, ma che te devo dì? Avevamo ordini precisi, e abbiamo fatto quello che andava fatto. E pure mo'...»

«E pure mo', scusa, eh, c'avemo ordini precisi, e sai che te dico?»

«E dillo, su.»

«Te dico che so' ordini assurdi, ecco che te dico!»

«A coso, e mica tocca a noi discute gli ordini!»

«A coso te, guarda che 'na roba è quella dell'altra sera, e 'na roba è quella de stanotte... qua stamo a rischià de brutto...»

«Sbrigati ad attaccare quei fili, allora, che più tempo ce metti e più è pericoloso...»

«Sto a fa' del mio meglio, ma al corso mica m'era mai capitata 'na rogna simile... e durante le feste, poi!»

L'uomo basso si chinò per l'ultima volta sotto lo chassis dell'utilitaria e con un'energica pressione del pollice destro riuscì finalmente a schiacciare il filo rosso nel suo alloggiamento. Riemerse, sotto lo sguardo compiaciuto dell'uomo alto. Era sporco di grasso ed enormi gocce miste di acqua e sudore colavano lungo il suo viso paffuto.

«Bravo» si complimentò quello alto.

«Vabbe', mo' speriamo che 'sta storia è finita. Che la fai tu, la telefonata?»

«Vado subito. Poi ti riporto a casa.»

«C'ho la moto qua dietro, grazie.»

«Allora stamme bene!»

«Stamme bene te!»

«Ah, senti 'na cosa...»

«Dimme.»

«Vi siete già organizzati per Capodanno?»

«Mah» sospirò quello basso, «pensavamo a 'na cosa tranquilla, siamo solo noi, cenetta, 'na bottiglia di Asti, il panettone...»

«Perché non venite con noi?»

«E dove?»

«A Meta. Praticamente sul monte Velino, in

Abruzzo. La cugina di Carla c'ha casa. Si sta comodi, c'è un bel camino, e poi da quelle parti c'hanno un abbacchio che lèvati... »

« Quasi quasi... »

« Dai, è fatta, ci muoviamo domani pomeriggio. Vado a fa' 'sta telefonata... »

Pochi istanti dopo, Vittorio Tancredi rispose al telefono.

« Sbirro bastardo, fai troppe domande! »

Aveva appena messo giù che nella strada esplose un botto. Qualcuno gli aveva bruciato la Fiat 850 color grigio topo.

Dirigenti e colleghi non gli fecero mancare manifestazioni di solidarietà. L'attentato fu attribuito agli immancabili anarchici. Ma Tancredi era certo di sapere da dove era venuto il colpo. Gli anarchici non c'entravano un bel niente. Aveva semplicemente pestato i piedi a qualcuno. Be', avevano fatto male i loro calcoli. Volete giocare sporco? Bene, io ci sto! C'era questo giornalista perennemente a caccia di scandali con cui qualche collega scafato se la intendeva. Si chiamava Momo Sangiacomo. Tancredi se lo fece presentare e gli disse che aveva una storia interessante da raccontare.

*

Il Direttore mandò via Momo Sangiacomo con un gesto annoiato e invitò Tancredi a sedersi.

«Lei sa chi sono io?»

«Quel serpente di Momo mi ha spiegato.»

«Non se la prenda con lui. Semmai con se stesso. E impari la lezione: mai fidarsi troppo. Sangiacomo è da anni sul mio libro paga.»

«Quindi, cosa c'è dietro, di che stiamo parlando? Una specie di... segreto di Stato?»

«Ora è il momento per lei di ascoltare. Io le dirò due o tre cose, e poi alla fine lei deciderà.»

«Che cosa?»

«Mah, per esempio... è mai stato in Basilicata?»

«Ma che c'entra adesso...»

«Perché si sta liberando un posto dalle parti di Matera... per una diecina d'anni dovrebbe stare bello tranquillo... oppure...»

«Oppure?»

«Oppure vieni a lavorare con me» disse, gelido, passando al tu.

«Eccellenza...»

«Ascoltami bene» tagliò corto il Direttore, impaziente, «sei stato bravo. Effettivamente l'americano se n'era andato a quell'indirizzo, ed effettivamente l'indirizzo corrisponde a una casa d'appuntamenti dove si svolgono alcuni incontri interessanti... per esempio, ci va un signore che parla troppo di cose che è meglio tacere e va... ridimensionato... insomma, quello scannatoio non si tocca...»

«E c'era bisogno di bruciarmi la macchina?»

«Iniziativa individuale di qualche soggetto agitato. E poi, su, una 850 mezza scassata... col lavoro giusto si può avere di meglio...»

«Cioè mi offre un lavoro per coprire un omicidio!»

«Senti, amico mio... tu c'hai un bell'intuito, non lo nego, ma col tempo imparerai che a volte correre troppo in fretta può condurre alle conclusioni sbagliate. E alle figuracce. Omicidio» il sorriso del Direttore oscillava fra il divertito e l'alterato, «ma non dire fesserie! Che omicidio e omicidio! Quello, l'americano, pace all'anima sua, c'è rimasto secco mentre si dedicava alle dilettevoli attività che uniscono uomini e donne in camera da letto... hai presente come la chiamano, no, 'la bella morte'... a una certa età si dovrebbe stare più attenti... chiaro? Be', non potevamo permetterci un'inchiesta e... ho detto tutto!»

Annibale servì due porzioni di orata al sale.

«Da questo momento hai quindici minuti per decidere» puntualizzò il Direttore.

Il giovane poliziotto annuì e ficcò la testa nel piatto. Il Direttore era sicuro che avrebbe accettato. Nessuno come lui sapeva leggere nel cuore degli altri esseri umani. Erano tutti così prevedibili, d'altronde! E mica faceva eccezione, 'stu Tancredi, coi suoi sogni di gloria! Mentre spazzolava l'ultimo residuo di orata, pensò all'untuoso sottosegretario che quella mattina, per farsi bello ai suoi occhi, gli aveva rivelato in gran segreto che un suo acerrimo rivale politico lo aveva chiamato in pubblico «'O Zuzzuso». Il Direttore aveva mostrato apprezzamento e poi, rimasto solo, si era fatto una bella risata. Il fatto è che il soprannome se l'era dato da solo: visto che comunque gliene avrebbero affibbiato uno, tanto valeva sceglierselo all'altezza.

«Allora, hai deciso?»

Il vicecommissario Tancredi riemerse dall'orata con uno sguardo diverso. Ancora una volta 'O Zuzzuso non si era sbagliato. Si strinsero la mano. Poi il principe degli spioni lasciò partire un verso sordo, una specie di *uhm* venato di scetticismo.

«Hai fatto la scelta giusta. Adesso, scusami, ma ho da fare. La vedi quell'edicola, là, in fondo alla piazza?»

«Certo.»

«Bene. Là ci stanno due persone con cui devi parlare. Ti spiegheranno un po' di cose.»

«Come faccio a riconoscerli?»

«Loro riconosceranno te. In ogni caso, uno è alto e l'altro basso, uno è magro e l'altro grasso. E vestono tutti e due di grigio.»

# LEONARDO GORI

## *Due Capodanni*

### *1. Firenze, 1974*

Era piena notte e i malati russavano, immersi in una tenue luce azzurra. Il 1974 aveva deposto le armi già da diverse ore, ma ancora si udivano lontani scoppi di petardi.

Per entrare in ospedale a quell'ora impossibile, il colonnello si era accordato con un'infermiera, di cui il suo vecchio amico ricoverato era divenuto amante: tradita, ingannata, ma poi riconciliatasi con lui, quando ormai era prossimo alla fine. Il letto era accanto alla vetrata che dava sulla terrazza dell'ospedale. La donna rincalzò amorevolmente le coperte e li lasciò soli, richiudendo la porta.

« Sono potuto venire solo ora » disse il colonnello.

« Parli piano, capo. Dormono tutti. » Pallidissimo, sembrava svuotato da ogni residuo di vita, la fronte umida di sudore. Era difficile immaginare un Capodanno peggiore, per lui.

Il colonnello non sapeva cosa dire. L'importante

era stargli un po' vicino. Le ore che gli rimanevano potevano ancora offrire ben poco, andavano spese con un sorriso e una parola affettuosa. «Come si sente?»

«Lasciamo perdere, capo. Mi racconti una storia delle sue, piuttosto. Una bella, colorata. Anche divertente, perché ho pensieri troppo neri. Una storia breve, lo so che ha da fare.»

«Ma no. Sono un vecchio pensionato, ho tutto il tempo che voglio.»

«Non è vero, la tirano tutti per la giacchetta e non le dispiace nemmeno un po'. Basta che mi dedichi mezz'ora.»

«Va bene.»

Ancora scoppi di petardi per la strada. Il colonnello pensò a un Capodanno molto diverso, di trent'anni prima. «Le ho mai raccontato la storia di Mario e di Giovanni?»

«No. Chi erano?»

«Due ragazzi di vent'anni. Amici d'infanzia, inseparabili. Anche se erano di famiglie diverse, per reddito e cultura. Credo fossero nati entrambi nel 1924.»

«Erano compagni suoi, capo?»

«Ma no, figuriamoci, è una storia del 1944, quando io avevo già passato i quarant'anni. Li incontrai per puro caso. Abitavano qui a Firenze, nel quartiere di Santa Croce. Case misere frammiste ai palazzi, ma un senso di appartenenza più forte della pietra. Tutti solidali, anche se ci andava di mezzo la politica. Magari si ammazzavano, ma si volevano bene. E poi – badi che questo è importante, ai fini della storia – anche le ragazze di Mario e Giovanni erano amiche e si frequentavano, nonostante il diverso livello sociale. Con loro c'era un terzo amico, un po' più giovane, che in realtà è il vero fulcro di questa storia. Allora aveva solo diciassette anni, si chiamava Novarro.»

«Che nome strano.»

«Diceva che i suoi genitori amavano il cinema americano e lo avevano chiamato così per via dell'attore Ramón Novarro, il divo del muto... Io a quel tempo risalivo l'Italia con gli inglesi. Ero arrivato con gli Alleati a Firenze ai primi di agosto, quando i nazisti avevano fatto saltare tutti i ponti sull'Arno. Ero ufficiale di collegamento dei badogliani, soprattutto perché parlavo bene l'inglese. Avrei raggiunto Milano la primavera dell'anno dopo, ma nel frattempo restammo inchiodati sulla Linea gotica per tutto il lunghissimo inverno successivo.»

Il malato fece un sospiro che somigliava a un rantolo. «Eravamo su fronti opposti. Io combattevo di sopra, dall'altra parte. O forse è meglio dire che trafficavo.»

«Certo. Proprio per questo mi sono venuti in mente Mario e Giovanni, amici e nemici. Ero impegnato al comando alleato, sulla linea del fronte, ma avevo degli incarichi che mi portavano spesso a Firenze. Alla fine di dicembre del '44 la città era ormai liberata da tempo, e i fiorentini avevano un disperato bisogno di far festa, che era rimasto compresso per anni. Festa in tutti i sensi: se un uomo e una donna si ritrovavano soli, la vita sgorgava come una fontana inarrestabile, facevamo l'amore in piedi, negli androni dei palazzi, senza quasi conoscerci. Difficile spiegarlo... »

« Lo so bene, capo, non ero mica un bambino, allora... »

Il colonnello si morse il labbro. « Be', ho detto noi, ma io non lo facevo mica, avevo la mia ragazza... »

L'amico malato ebbe la forza di sorridere. « Lo so, lo so. Vada avanti, capo. »

« L'ultimo dell'anno del '44 venni invitato a una festa privata, in un appartamento all'ultimo piano di via dei Leoni, dietro Palazzo Vecchio. Si cercava di riprenderci la vita, di recuperare le cose che profumavano di pace. Eravamo tutti ospiti di una famiglia di intellettuali, c'era anche lo scrittore Vasco Pratolini, che aveva abitato da quelle parti. Fra le ospiti, anche delle ragazze del quartiere, alcune giovanissime. Mi ricordo la casa costruita in modo piacevolmente complicato: era piena di libri, sistemati in maniera bizzarra, anche sulle mensole delle finestre, per terra, posati su ogni superficie. E tanti dischi, come se ne vedevano di rado. Sfilai un volume da uno scaffale e sul dorso c'era un grosso buco, come fatto da un enorme tarlo. Aprii il libro e dentro c'era una pallottola lucente, che si era scavata una galleria tra le pagine...»

«Immagino. L'agosto prima, quando arrivarono gli americani, a Firenze sparavano per le strade.»

«Già. Quella sera c'erano due ragazze senza accompagnatori. Sembravano conoscersi bene, perché stavano volutamente lontane tra loro, si guardavano con un'aria fra il sospetto e la paura, ma anche con una strana richiesta di aiuto. E tutte e due lanciavano sguardi cupissimi a un ragazzino, quel Novarro di cui dicevo prima. Mi ero accorto del triangolo osservando i loro occhi impegnati in un dialogo silenzioso. Una situazione strana, ma non mi sarei mai aspettato quel che successe più tardi...»

## *2. Firenze, 1944*

Molti mesi prima, il 18 febbraio di quell'anno di guerra, il diciassettenne Novarro guardava preoccupato il bando di Graziani, affisso a tutti i muri: minacciava la «fucilazione al petto» per i renitenti alla leva della Repubblica Sociale Italiana. Fra i richiamati c'erano anche i ragazzi del 1925, nati appena due anni prima di lui. Pochi si presentavano, la maggior parte si nascondeva o cercava di raggiungere i partigiani. Quanto sarebbe durata ancora, la guerra? E lui, Novarro, posto di fronte a una scelta, cosa avrebbe fatto? Voleva solo vivere, non ne poteva più del terrore, della morte, dei bombardamenti, delle rappresaglie. Avrebbe voluto scavare un buco profondissimo e nascondersi lì.

Le pattuglie tedesche percorrevano il centro, fermavano gli uomini sottoponendoli a interminabili controlli. A volte chiudevano una strada ai due estremi, rastrellavano gli adulti, li caricavano sui camion e li portavano via. Si diceva che li trasferissero in Germania per scavare trincee o li costringessero a lavorare nelle fabbriche d'armi, sotto l'incubo dei bombardamenti.

Novarro tornò verso casa, appena fuori dal centro. Era l'una, faceva freddo e non vedeva l'ora di mangiare la minestra calda che sua madre riusciva a malapena a preparare. Capì subito che c'era qualcosa di strano, quando la mamma aprì la porta: aveva gli occhi tristi e spaventati, e accennava col capo dietro di sé.

«C'è un tuo amico» disse, a voce bassa. «Quello della Federazione. Hai fatto qualcosa di male?»

«Ma no, perché?»

Sua madre non rispose. Si asciugò le mani col grembiule e tornò in cucina. La casa era piccola, il modesto salotto si affacciava su una corte interna, a pozzo, e la debole luce invernale filtrava a malapena dalle tende tirate.

Lo riconobbe subito, in controluce, seduto in poltrona, con la sigaretta in bocca e una gamba sopra il bracciolo: era Mario, il suo amico squadrista, più grande di lui, uno di quelli richiamati dal bando di Graziani per combattere giù al Sud, contro gli Alleati. Novarro lo salutò con un ciao.

« Ciao » rispose brusco Mario. « Mettiti a sedere. »

Novarro tirò via una seggiola da sotto il tavolo. « Tu che fai, con la faccenda del richiamo? »

« Mi presento! Ti sembra il caso di fare altrimenti? Finché c'era solo da andare in piazza a sentire il Duce, erano tutti buoni. Ora che la Patria chiama, bisogna partire. »

« La mia classe ancora non è contemplata... »

Mario soffiò il fumo dalla sigaretta e scosse il capo. « Tu sei un ragazzino, e figlio unico di madre vedova. Il tuo dovere è stare qui con lei. Piglierai le armi, semmai, quando i nemici arriveranno qui... » Esitò, forse spaventato per averla detta grossa. « Ma non succederà mai! Li fermeremo, ci sono le armi segrete di Hitler, la guerra non è persa affatto! »

« Dunque parti... »

« Sì, certo. »

« Quando vai? »

« Oggi. Stavo giusto andando al comando della Milizia, ma prima dovevo assolutamente vedere te. »

«Mi fa piacere salutarti. Bada a te stesso...»

Mario si alzò in piedi e andò alla finestra, volgendogli le spalle. «Non sono qui solo per dirti ciao. Devo chiederti una cosa.»

«Dimmi.»

«È delicata. So che posso fidarmi, sei sempre stato un tipo a posto, forse un po' tiepido politicamente, ma nessuno è perfetto. Sei leale, di te mi fido. A patto che mi dia la tua parola d'onore.»

Novarro era un po' spaventato. «Vuoi che stia dietro ai tuoi vecchi? Ho solo diciassette anni, cosa potrei fare per loro?»

Ancora uno sbuffo di fumo. Mario guardava i muri spogli, nel minuscolo cortile. «Il babbo e la mamma sono in gamba, non hanno bisogno di nessuno. Quella che ti devo chiedere è una cosa più intima.»

«E allora dimmela.»

Mario finalmente si girò verso di lui. Novarro si accorse solo allora che aveva la tasca dei pantaloni gonfia: portava una pistola.

«Voglio che tu guardi la Luciana.»

«La tua ragazza? I suoi hanno la villa in campagna, se la guerra passerà da Firenze si nasconderà lì, sarà al sicuro...»

«Non hai capito. Voglio che tu controlli che si comporti bene. Che non vada con qualcun altro. Le femmine sono deboli, e i mascalzoni son tanti. Si approfittano di loro.»

Novarro sbigottì. «Ma se è una ragazza tanto a modo...»

Mario fece un sorrisetto ironico. «Sì, certo. Tu sei un bambino, è giusto che ragioni così. Insomma, basta con le ciance, voglio che tu le stia dietro, che guardi tutti i giorni cosa fa e non fa, trova tu le scuse adatte. E mi scriverai, tutte le settimane. Anzi, due volte la settimana, intesi?»

Novarro annuì, e Mario gli diede un biglietto. «Qui c'è l'indirizzo del centro di smistamento dove mi mandano, a Siena. La destinazione finale ovviamente non la so nemmeno io, mi inoltreranno la posta. È chiaro quel che devi fare?»

Novarro intascò il foglietto. «Sì, sì.»

«Sei un bravo ragazzo» disse Mario, dandogli una pacca sulle spalle e avviandosi subito alla porta di casa. «Saluta la tua mamma, e acqua in bocca con lei e con tutti, hai capito? Sennò quando torno ti prendo a calci in culo fino in piazza della Signoria.»

«Sì, dai, lo sai che puoi stare tranquillo.»

L'uscio si richiuse, si udirono i passi giù per le scale e sua madre, sulla soglia della cucina, lo guardò con aria afflitta. «Che voleva?»

«Nulla, mamma, parte per il fronte e mi voleva salutare.»

La mamma sospirò. «Povero figliolo, anche lui. Vieni a mangiare, Novarro, si fredda.»

## *3. Firenze, 1974*

«Hai capito...» disse beffardo il ricoverato, tossendo in modo cavernoso, come se avesse i polmoni pieni di melma. Qualcuno, dai letti vicini, protestò debolmente.

«Consideravano le donne degli esseri fragili, inferiori...» disse il colonnello, a bassa voce. «Da guardare, ovvero controllare, perché non erano capaci di badare a se stesse...»

Il malato fece un risolino doloroso. «E non è ancora così?»

Il colonnello scosse il capo. «Sì, lo so, lei la pensa ancora in questo modo. E a quel tempo anch'io probabilmente credevo che fosse nell'ordine naturale delle cose. Invece sbagliavamo tutti. Oggi per fortuna la mentalità è cambiata.»

«Se lo dice lei, capo...»

«Comunque sia, queste cose me le raccontarono tempo dopo. La sera dell'ultimo dell'anno del '44 non sapevo ancora nulla di tutta la vicenda...»

«Come finì?»

«Aspetti, non siamo nemmeno a metà. Al bando di Graziani, come dicevo, cercavano di sfuggire tutti. Quelli che rispondevano con entusiasmo erano una minoranza: spesso elementi pericolosi, violenti e con la voglia di far del male, ma alcune volte erano in buona fede. Io sono del 1902 e ho visto da adulto l'avvento di Mussolini, le leggi speciali, la costruzione di tutto il circo liberticida... Chi invece aveva vent'anni nel '44 era nato quando il fascio era già al potere, e aveva vissuto inquadrato prima nei Figli della Lupa, poi nei Balilla, stordito dalla propaganda e dalle coreografie del regime... Quei ragazzi non conoscevano nient'altro. Non avevano mezzi per difendersi. Tranne rare eccezioni, come dirò tra poco. Insomma, Mario partì per il fronte: avrebbe voluto combattere quelli che per lui erano gli invasori della Patria, e invece, come accadeva quasi sempre, fu inquadrato nelle Brigate Nere per rastrellare i partigiani, e vide orrori a cui non avrebbe voluto partecipare, ma che spesso gli toccarono.»

«E alla fine della guerra lo presero i rossi e ci rimise le penne.»

«Un po' di pazienza.»

## *4. Firenze, 1944*

Il diciassettenne Novarro fece con impegno quello che Mario gli aveva detto di fare. Nel giro dei suoi amici c'erano delle ragazze che conoscevano la Luciana, e fece in modo di uscire con una di loro, nemmeno tanto carina, ma simpatica e linguacciuta. Insomma, svolse seriamente l'incarico. E all'inizio, fino alla primavera, non ebbe nulla di importante da scrivere al suo amico. Ma nel frattempo era successa una cosa che in un altro momento poteva sembrare perfino da ridere, se non ci fosse stato invece da piangere.

Una sera di marzo, poche settimane dopo che Mario era partito, Novarro stava portando a mano la bicicletta lungo un viale alberato, buio per l'oscuramento. Le strade erano deserte, perché già a settembre dell'anno precedente oltre duecento persone erano morte a Firenze sotto i bombardamenti, e ancora l'11 marzo. La ferrovia poi era vicina... insomma, Novarro aveva una gran paura. A un bel momento sentì un fischio e una voce strozzata che lo chiamava da dietro un platano: «Novarro... vieni qua».

Sulle prime temette un'imboscata, e non voleva dar retta alla voce, ma poi la riconobbe, e pieno di stupore andò all'albero e appoggiò la bicicletta.

Dietro il tronco, nascosto nell'angolo più buio, c'era Giovanni, coetaneo di Mario e suo grande amico, a dispetto della politica. Novarro l'aveva perso di vista fin dall'8 settembre. Indossava una tuta da operaio e aveva la barba lunga. «Sono Giovanni...»

«O che ci fai qui?»

«Non mi sono presentato alla chiamata di Graziani e ho dovuto nascondermi. Ma poi ho capito che sbagliavo, i fascisti hanno rovinato l'Italia e bisogna combatterli. La vera Patria è quella che costruiremo con le nostre mani, una repubblica fondata sulla libertà e sulla giustizia, politica e sociale...»

«Se ti prendono ti fucilano, come hanno fatto con quei poveri ragazzi allo stadio. Vanno in giro casa per casa, a cercare i renitenti alla leva...»

«A me non mi prendono: vado su a Monte Morello e mi unisco ai partigiani. Si sono organizzati. Parto fra poco, bisogna camminare su, su, si sale oltre Fiesole, mi hanno spiegato tutto...»

«Ti ammazzeranno.»

«Meglio così che nascondersi come topi. Senti, ti devo chiedere una cosa privata, molto personale...»

Novarro non avrebbe saputo dire perché, ma si immaginò tutto ancora prima che Giovanni andasse avanti.

«Non vorrai che...»

«Devi guardare la Marisa.»

Novarro fece un profondo sospiro. «Marisa è una brava ragazza, non ha bisogno di essere guardata.»

«Io mi fido di lei, ma sono tempi duri. Non si sa mai. Stalle dietro, voglio che tu mi faccia sapere se si comporta bene, mentre io sono via a combattere.»

«E come faccio?»

«Mi scrivi. Porti le lettere a casa mia, e i compagni in qualche modo me le faranno avere. Oppure le leggerò quando torno, se rimango vivo. Ma voglio che tu la tenga d'occhio, voglio essere informato. Va bene? Dammi la tua parola d'onore...»

«Anche tu...»

Giovanni si allarmò. «Come anch'io? Che intendi dire?»

«Nulla, nulla... Va bene, te lo giuro.»

«Conto su di te.» E sparì nel buio.

## *5. Firenze, 1974*

«Insomma, i due tipi erano uguali.»

«Niente affatto» ribatté il colonnello. «Erano diversissimi, benché si conoscessero dall'infanzia. Ciò che li accomunava era il fatto di essere ragazzi innamorati, col sangue in tumulto, e nel rapporto con l'altro sesso erano figli del loro tempo. In questo, forse, si potevano considerare uguali, anche se politicamente stavano su fronti opposti.

«Entrambi misero in imbarazzo il povero Novarro, che intanto sperava solo nella fine della guerra, prima che anche lui venisse richiamato e fosse costretto a lasciare la sua ragazzina informatrice, a cui nel frattempo si era affezionato e che dopo qualche anno sposò... Lui di certo non l'avrebbe mai fatta guardare da nessuno: occhio non vede, cuore non duole.»

«Ho capito: perché poi, invece...»

«Sì, le cose si complicarono e presero una piega molto sgradevole. Sia Luciana che Marisa, infatti, non si comportarono affatto bene. O per lo meno, non bene come si intendeva a quei tempi, riferendosi alle signorine. Io sono vecchio, ne ho viste tante, e dubito che dal canto loro Mario e Giovanni si comportassero bene, mentre erano in guerra, almeno in quel senso lì. Ma loro erano maschi, si sa...

«Fatto sta che Novarro, che era un ragazzino molto serio e affidabile, quando venne la primavera scoprì ciò che non avrebbe mai voluto sapere. Triste primavera, quella fiorentina del 1944, ma comunque un trionfo di fiori, di aria profumata. E i fiori non sanno che intanto gli uomini si ammazzano; non sanno di rastrellamenti e di fucilazioni, e nel momento dell'amore che vince su tutto, come dice il Poeta, nemmeno i giovani ci pensano, alla guerra. Non ci pensano sui pratoni del Parco delle Cascine, o sulle panchine più defilate del Giardino di Boboli, oppure in casa, quando non ci sono i genitori...

«Grazie alla sua fidanzatina dalla lingua lunga, Novarro seppe che mentre Mario era via la Luciana aveva stretto un'affettuosa amicizia con un sottotenente di fanteria, sano come un pesce, ma che il padre generale aveva fatto ricoverare all'ospedale militare per sfuggire alla guerra. In Italia, ma anche altrove, le cose sono sempre andate così. La bella Luciana dai capelli biondi e gonfiati dal vento andava a far visita ai feriti, insieme ad altre brave ragazze, portando generi di conforto. Ma lei, con quell'ufficialetto, rideva più che con tutti gli altri, una risata cristallina che si sentiva da lontano, come una campana d'argento. E il vestito a fiori, leggero per la stagione già calda, frusciava al suo passo elegante.

«Novarro seppe che il tenentino, un pomeriggio morto, era uscito di nascosto dall'ospedale e aveva portato Luciana in mezzo alla campagna. Lei era tornata a casa affannata e con le gote rosse. Di quell'episodio si chiacchierò un poco, ma poi le voci si acquietarono. Molto peggio fu ciò che accadde qualche tempo dopo. Un pomeriggio, il tenentino fu sentito gridare in una saletta riservata del centralissimo caffè delle Giubbe Rosse, dove aveva portato Luciana a mangiare una granita. Le urlava *puttana!*, e la ragazza a un certo punto uscì in lacrime e corse di filato a casa sua. Lui se ne andò subito dopo, con aria sdegnata. Pare che, saltato ormai il fosso, Luciana avesse stretto amicizia anche con un parrucchiere quarantenne del centro, noto donnaiolo, e che il tenentino li avesse scoperti sul più bello.

«Novarro, quella sera stessa, pensò a lungo a cosa scrivere al suo amico Mario. Provò varie versioni addolcite, ma strappò tutto e decise che se doveva mentire, era meglio farlo fino in fondo:

*Caro Mario, la tua ragazza è una santa: non fa che pensare a te, sta in casa, non esce mai e piange tutto il giorno, aspettando il tuo ritorno...*

«Continuò con questa musica, due lettere a settimana, come aveva promesso. Ma intanto doveva anche controllare cosa faceva l'altra ragazza, Marisa, la fidanzata del partigiano...»

## 6. *Firenze, 1944*

Novarro si mise a pedinare Marisa dalla casa alla fabbrica e viceversa. Stava lontano, però lei era sveglia, e a un certo punto se ne accorse. Si voltò di scatto e gli andò incontro, bloccandolo in mezzo alla strada: «Si può sapere cosa vuoi? È un'ora che mi segui. Vai dalla tua mamma, ragazzino, lasciami in pace».

Ma Novarro non mollò. Si era fatto più prudente e scaltro, e una sera, poco prima dell'emergenza, scoprì la magagna. Marisa era uscita dalla fabbrica alle sei, ma invece di andare a casa era passata da un bar del quartiere popolare di Santa Croce, dove aveva incontrato un altro operaio specializzato: un ragazzo alto, bruno e belloccio, che era stato dispensato dal richiamo perché necessario all'industria bellica. E intanto, si seppe poi, lavorava per il CLN, il Comitato di Liberazione Nazionale, per sabotare la produzione di armi destinate ai repubblichini. Lui e Marisa si sedettero a un tavolino, parlarono a voce bassa per un po', sembrava una riunione tra cospiratori, ma poi lei avvicinò le labbra a quelle del ragazzo, che la baciò delicatamente. Novarro non sapeva se gli facessero più rabbia o tenerezza. Li seguì anche quando lui la accompagnò per un tratto di strada, fra le casine popolari risparmiate dallo sventramento «risanatore» di qualche anno prima, che aveva stravolto il quartiere. I due si fermarono di fronte a un usciolino, lui tirò fuori la chiave di tasca, mentre lei si guardava intorno con occhi ansiosi, poi l'operaio le cinse la vita e sgusciarono dentro. La porta si richiuse subito.

Novarro, una volta a casa, non ebbe esitazioni. Se aveva mentito spudoratamente a Mario, perché non doveva fare lo stesso con Giovanni? Gli voleva bene, non voleva che soffrisse. Prese la carta da lettere e scrisse di getto:

*Marisa è brava, buona, pensa solo a lavorare e se vede un uomo abbassa gli occhi e scappa via. La sera e i giorni di festa non esce nemmeno con le amiche, sta sempre in casa. Le rare volte che riceve qualcuno, sono tutte donne e parla solo di te.*

Novarro portò la lettera ai parenti di Giovanni, sentendosi un traditore, e per scrupolo seguì qualche altra volta Marisa. Forse, pensava, in quella casa del rione di Santa Croce i due non avevano fatto nulla di male. Magari era roba di politica, e semmai era quello il rischio: che li beccassero e li mettessero al muro. E invece, purtroppo, li scoprì altre due volte e una sera, spiandoli in un androne, non ebbe più dubbi: erano contro un muro e lei sospirava forte, stretta a lui e con l'orlo della sottana tenuto su con i denti.

Finché, quando meno se l'aspettava e non pensava neppure a lei, Marisa lo incrociò per caso, lo afferrò per un polso facendogli male e lo portò dietro un angolo di strada. Aveva gli occhi neri che mandavano fiamme. «Ti avevo detto di lasciarmi stare, o no? Ma che cosa vuoi?»

«Io... niente, Marisa, ti sbagli...» Ma non era affatto convincente.

«Forse non hai capito una cosa» gli disse la ragazza, puntandogli l'indice contro il petto, come fosse una pistola. «Io non appartengo a Giovanni e neppure a quel ragazzo con cui mi hai vista. Non sono di nessuno, hai capito?»

Novarro aveva paura. Non aveva mai conosciuto una ragazza così. «Sì, certo...»

«E allora aria, bimbo!»

Quella sera Novarro scrisse l'ultima lettera a Giovanni:

*Marisa non esce di casa nemmeno di giorno, ha smesso anche di lavorare in fabbrica, non posso più tenerla d'occhio. Ma stai tranquillo, è la tua ragazza, ti vuole tanto bene, è attaccata a te come l'edera.*

Passarono le settimane, si arrivò alla fine di luglio e la guerra giunse a Firenze. Ai primi di agosto saltarono i ponti e si combatté in città. Fame e morte, i cecchini sui tetti, le mine nascoste nei cumuli di spazzatura... E vennero i giorni delle terribili vendette contro i fascisti o presunti tali, in cui ci rimisero anche degli innocenti. Le due ragazze erano sfollate entrambe, per sfuggire a tutto ciò. Tornarono in città a ottobre, con le acque appena un poco più calme. Nessuno diede noia a Luciana, che a parte la storia con Mario, non si era mai schierata eccessivamente coi fascisti. Poi non si poteva fare il processo a mezza città.

Marisa, poco dopo essere rientrata a Firenze, andò a vivere da sola. Era una bella ragazza, girava con diversi giovanotti, lasciò la fabbrica, diventò modella per un fotografo... Quella vita disinvolta mise un po' in imbarazzo la sua famiglia: erano altri tempi... Ma era una ragazza pulita, senza ipocrisie. Fu proprio lei a essere invitata da un giovane ufficiale americano alla festa di fine anno del 1944, nella Firenze liberata in cui a volte pareva ancora di sentire l'eco del cannone. E Marisa a sua volta convinse Luciana, già da un pezzo dimentica di Mario, ad accompagnarla: chissà, magari avrebbe trovato un nuovo fidanzato.

Il caso beffardo volle che nel palazzotto degli intellettuali e artisti di via dei Leoni fosse stato invitato anche il giovane Novarro, ormai diciottenne, che appena vide le due ragazze, nel salotto affollato, fece opportunamente finta di non conoscerle. Oltretutto anche lui voleva, come tutti, gettarsi il passato doloroso dietro le spalle. Chissà poi se Mario era ancora vivo: le ultime notizie lo davano sempre a nord coi repubblichini. La Linea gotica, sugli Appennini, segnava il confine con l'Italia in mano ai nazifascisti. E neppure Giovanni aveva più dato notizie di sé, impegnato nella parte opposta a combattere a fianco dei partigiani, alla macchia, in continuo pericolo di vita.

E invece nessuno sapeva che sia Mario sia Giovanni erano tornati a Firenze, ovviamente all'insaputa l'uno dell'altro. Novarro, infatti, non era il solo a cui Mario aveva dato l'incarico di guardare la sua ragazza. Forse perché non si fidava del tutto di lui, forse perché non aveva davvero fiducia nella sua Luciana, ed evidentemente aveva ragione in entrambi i casi. E quest'altra persona, a differenza di Novarro, aveva detto la verità. A quel punto Mario, pieno di disperazione, aveva attraversato le linee ed era tornato in città.

Magari qualcuno aveva avvertito anche Giovanni, oppure lui aveva solo voglia di rivedere la sua ragazza, chi lo sa... Per combinazione, i due vennero subito a sapere che Luciana e Marisa sarebbero andate a quella festa. Ma la vita era fatta così, soprattutto allora: un misto di confusione, violenza, frenesia, gioia, incoscienza. Insomma, voglia di vivere.

Arrivò per primo Giovanni, che nel frattempo aveva saputo la verità su Marisa, informato dalle solite zelanti comari e dagli amici premurosi. Un grammofono, nella sala, spandeva le note di un boogie-woogie, c'erano un paio di ufficiali nordamericani, alcuni militari badogliani, fra cui il colonnello. Ma quando il partigiano entrò, si zittirono tutti. Il disco gracchiava solitario *In the Mood*, poi un provvidenziale calcio lo interruppe.

Giovanni era sporco e un po' lacero, nella sua divisa rimediata, ma il fazzoletto al collo spiccava come una rosa rossa d'estate. Fu in quel momento che il colonnello notò gli sguardi incrociati e atterriti di Marisa, Luciana e Novarro. Tutti mormoravano inquieti, perché il passato era ripiombato tra loro come un macigno. Giovanni ignorò i presenti e filò diritto da Marisa. Il giovane Novarro fece un gran sospiro, si diede coraggio e cercò di mettersi tra i due, ma rimediò solo una spinta che lo fece quasi cadere per terra.

«Che vuoi da me?» disse Marisa, bianca come un cencio lavato.

«Puttana!» le gridò in faccia Giovanni.

Sul viso della ragazza arrivò anche un sonoro schiaffo, ma lei reagì immediatamente, restituendolo con gli interessi. Novarro cercò di nuovo di intervenire, ma Giovanni lo prese per il bavero della giacchetta: «E tu che cazzo pensavi di fare, con quelle lettere? Io mi fidavo...»

«L'ho fatto per te...»

« Vai al diavolo! »

Giovanni scostò bruscamente tutti quelli che intanto si erano avvicinati. Era armato, faceva paura. I militari presenti misero le mani alle fondine.

Ma lui aveva occhi solo per Marisa. Occhi carichi di risentimento: « Non ce la facevi proprio a resistere tre mesi senza un uomo? »

« Smettila, sei patetico. »

« Io pensavo solo a te! »

« Io no. »

« Puttana, sei solo una puttana! »

Volarono altri schiaffi, la situazione stava degenerando.

L'arrivo di Mario, che si era messo in borghese, con un abito rimediato chissà come e un paio di occhiali scuri, lì per lì non fu notato da nessuno. Aveva disertato, affrontando un viaggio terribile, si era mescolato ai suoi antichi amici e adesso nemici, correndo un pericolo mortale. Ma evidentemente lo muoveva qualcosa di più forte dell'istinto di conservazione. Si guardava intorno, cercava la sua Luciana, che l'aveva riconosciuto immediatamente e aveva provato a rifugiarsi in un angolo.

Per un momento, Mario e Giovanni si trovarono l'uno di fronte all'altro, e per lo stupore parvero dimenticare le loro ragazze fedifraghe.

Fu un dialogo fatto di poche parole smozzicate:

« Che ci fai tu qui? »

«Luciana...»

«Io ti dovrei portare al comando. Ti fucileranno come spia.»

«Non m'importa.»

«Fila via! Farò finta di non averti visto.»

Ma Mario non poteva dargli retta. Andò nell'angolo oscuro e si mise in ginocchio davanti a Luciana. Quell'atto assolutamente inaspettato – tutti lo conoscevano come un violento – fermò gli sguardi e cucì le bocche dei presenti.

«Perché?» la implorò.

Luciana tremava, aggrappata a una tenda, e non rispondeva.

«Avrei fatto qualsiasi cosa, per te...»

La ragazza diventò tutta rossa. «Io...» balbettò finalmente. «L'ho fatto una volta... Ma una volta sola! Credimi...»

Mario cercò di prenderle la mano. «Torna con me, ti prego...»

## *7. Firenze, 1974*

«E lei non intervenne, capo?»

«No. Nemmeno io capivo bene quel che stava succedendo. La situazione precipitò in un tempo molto breve. Mario piangeva, continuava a dire *ti prego, ti prego*... Il mormorio generale aumentò di intensità, perché oltre a Giovanni, qualcun altro riconobbe il fascista. Scoppiò un putiferio, spuntarono le armi, e anche Mario, pur tenendo gli occhi fissi sul volto di Luciana, era terrorizzato e tirò fuori la pistola dai pantaloni. Riuscì a raggiungere la porta della sala e scese in strada.

« Sulle facciate delle case si aprirono le persiane, qualcuno si sporse, urlando che c'era un repubblichino infiltrato in fuga. Il buio in strada era fitto, la corrente elettrica andava ancora a sbalzi e non c'erano lampioni funzionanti. Tutti gridavano *Al fascista!*

« Giovanni, col suo fazzoletto rosso al collo, in quel momento non pensò alla politica o alla guerra. L'istinto della vita di rione, la solidarietà elementare tra giovani coetanei, ebbe la meglio. Scese anche lui le scale di corsa, e quando si ritrovò in strada cercò disperatamente il suo vecchio amico. Ma nell'oscurità e nella confusione non capiva più niente...

« Pare che in quel momento una jeep della Military Police fosse appena entrata in via dei Leoni e che coi fari abbaglianti avesse inquadrato Mario. Il quale si voltò, bianco come la luna, e riparandosi gli occhi con il braccio sinistro non smentì la sua natura violenta: invece di alzare le mani sparò un colpo verso la luce improvvisa. Gli risposero due raffiche, da entrambi i capi della strada, e anche colpi sparati dalle finestre... A Giovanni non restò che abbracciare il cadavere. »

Mentre il colonnello raccontava la fine della storia,

fuori dell'ospedale regnava da molte ore il silenzio. Ma quasi a sottolineare l'ultima frase, ci furono due ultimi scoppi di petardi. Botti di tipo molto diverso da quelli del '44, benché la morte fosse anche in quella camerata, intorno a loro. Una notte nera, senza luna, come le notti del tempo di guerra.

Il malato si alzò un poco sui gomiti. «Qual è la morale, capo?»

Il colonnello ne approfittò per sistemargli i cuscini. «Ce la vuole trovare per forza?»

«Io no: so bene che la vita è solo caso e disgrazia. Ma credo proprio che per lei invece sia diverso.»

Il vecchio colonnello sorrise. «È una storia di amori malati che finirono male. Ma se c'è un significato, direi che è questo: in tema d'amore, non c'è mai da aspettarsi una reazione in base alle convinzioni politiche.»

«Giusto. E poi? Nessun'altra morale?»

«Forse che la commedia può finire in tragedia. E che la guerra devasta gli animi, significa solo morte e noi abbiamo il dovere di conservare la pace.»

Il malato, ormai esausto, scosse lentamente il capo. «Questo vale per le anime belle...»

«No, vale per tutti: allora, oggi e domani.»

# GIAN ANDREA CERONE

## *Il mistero del condominio.*
## *La prima indagine di Marisa Bonacina*

Era stata una giornata limpida, di lucentezze trasversali, in cui l'inverno si era presentato alla città soffiandole addosso un vento gelido e pungente.

Ora il sole del pomeriggio taglia in diagonale il parco cittadino, illuminando i tronchi degli alberi e accarezzando l'erba smunta con la promessa di un ingannevole calore. Una donna avanza a capo chino, percorrendo la stradina che circonda il porticato di Santa Maria alla Fontana. Il collo incassato tra le spalle, la fronte ben protetta da un berretto di lana, i tacchi a battere il ritmo di un rientro affrettato.

Marisa Bonacina ha premura. Fuori fa molto freddo e a lei scappa la pipì.

Per tutto il giorno aveva volutamente evitato l'angusto gabinetto della sacrestia, con la sua carta igienica increspata e ruvida, le piastrelle blu cobalto e la catenina dello sciacquone con la maniglia di plastica bianca. Quel luogo squallido le ricordava le latrine delle colonie estive in cui la spedivano i suoi genitori da ragazzina.

Lei e le sue amiche del gruppo di supporto avevano passato gran parte della giornata a discutere del programma per le festività natalizie, deliziate dai canti che provenivano dalla chiesa. Le gioiose note del *Coro dei Cherubini* del *Mefistofele* di Boito, inserito nell'ambiziosa scaletta del concerto di Natale, si diffondevano dalla canonica, risalendo le scale fino alla dépendance in cui si tenevano le loro riunioni. Lì una vecchia stufa a kerosene lottava strenuamente contro gli spifferi gelidi delle finestre, nel vano tentativo di regalare alla stanza una temperatura perlomeno accettabile. Al termine del suo intervento Marisa aveva avvolto la sciarpa intorno al collo, si era stretta nel piumino d'oca ed era scivolata lentamente in un piacevole torpore. Mentre la voce monocorde di don Giorgio snocciolava il rosario delle proposte che sarebbero passate ai voti finali, Isa Bonacina si era assopita e aveva iniziato a sognare.

Lei e suo marito volavano in coppia, sullo sfondo azzurrissimo e limpido di un inconsueto cielo milanese, tenendosi per mano come fanno i bambini. Ridevano allegri, prendendosi gioco delle persone che vedevano camminare sotto di loro, di tanto in tanto strappando dolci manciate di zucchero filato da nuvole soffici.

Un film surreale, in bilico tra *Miracolo a Milano* e *La vita è meravigliosa*.

Un sogno bellissimo.

Non ricorda se a riportarla con i piedi per terra sia stato il calcio negli stinchi di Anna, oppure l'applauso collettivo che aveva sancito l'approvazione del calendario delle attività festive, o ancora il crescendo armonioso con cui il coro aveva concluso le prove: *siam nimbi volanti dai limbi, / nei santi splendori vaganti. Siam cori di bimbi, d'amori, / siam nimbi volanti dai limbi.*

Una formula magica, un estemporaneo incantesimo di vita, di quelli che si palesano nei luoghi più inattesi. Come fiori di campo che sbocciano tra le rocce.

Sta di fatto che anziché correre a casa, dopo la fine della riunione Isa si era ulteriormente attardata sul sagrato del santuario, a condividere frivolezze con le sue colleghe del volontariato parrocchiale. La più linguacciuta di tutte era Clelia Bonfanti, meglio nota come « Lally stancacervelli », in virtù della sua innata capacità di sfinirti con racconti strappalacrime o con dettagliati rapporti sulla vita dei vip. In realtà il repertorio di Clelia era pressoché infinito, perché quella donna viveva in perenne modalità talk show e aveva sempre qualche argomento d'attualità da sottoporre all'attenzione del suo pubblico di amiche. Per la puntata odierna aveva scelto il tema del tradimento, prendendo spunto dal caso mediatico che da mesi riempiva le pagine delle riviste di gossip: la separazione tra una nota showgirl della tivù e il marito, un famoso ex calciatore della nazionale. Di fatto un misero gioco di meschine ripicche a colpi di nuovi amanti e scottanti rivelazioni, il tutto inscenato sul palcoscenico virtuale dei social.

Ma visto che nessuna delle presenti sembrava sufficientemente preparata sull'argomento, a un certo punto Clelia aveva pensato bene di fare tutto da sola. E così era iniziato un solipsistico balletto di domande e risposte che, dopo dieci minuti di sproloquio, aveva generato sguardi attoniti e raccolto timidi consensi. Come al solito ci aveva pensato Marisa a dare un taglio netto all'imbarazzante situazione, prendendo l'amica sotto braccio e trascinandola verso casa tra i sorrisi intirizziti delle altre.

Adesso Isa è già davanti al suo portone che rovista nella borsa alla ricerca delle chiavi. Anche perché la sua premura è diventata urgenza.

« Mi scusi, è lei la signora Mandelli, la moglie del commissario? »

Voltandosi si trova davanti al viso buffo e raggrinzito di una vecchina che sembra la tartaruga di un cartone animato.

« Sì, sono io. Piacere, signora... Come posso aiutarla? »

« Piacere mio! Mi chiamo Sperìglia Natali, abito in una via a pochi passi da qui. Dovrei parlarle di una cosa molto importante » dice la donna portandosi la borsa al petto.

« Cara signora, le confesso che io invece devo andare in bagno da più di due ore e ormai non resisto più! Venga pure su da me, così dopo ci beviamo qualcosa di caldo e mi racconta tutto con calma. »

Prima che accada l'inevitabile, Marisa Bonacina spalanca il portone e sospinge l'inattesa ospite oltre la soglia.

Quindici minuti più tardi, molto più rilassata e a suo agio, Isa poggia un vassoio con del tè fumante sul tavolo del soggiorno.

« Eccoci qui, Sperìglia, mi dica in che modo posso aiutarla. Intanto si serva pure, la prego » propone indicando le tazze con un sorriso cortese.

L'arzilla vecchietta si guarda intorno, giocherella con il cucchiaino e incomincia a parlare: « Va be', gliela faccio breve! Nel mio stabile succedono fatti strani. E vorrei che lei chiedesse a suo marito di indagare a fondo sulla faccenda ».

Marisa sorseggia la bevanda con calma, poi sorride divertita.

«Capisco... Ma non credo proprio che lui possa aiutarla, Mario al momento è alle prese con un'indagine molto impegnativa.»

Tuttavia, incuriosita da quella strana richiesta, rilancia. «Però può dire a me, se vuole. Sono pur sempre la moglie di un poliziotto, no?»

«Sì, ecco... non so... insomma...» balbetta la Natali versandosi due dita di tè. Poi finalmente si decide: «Spariscono cose un po' ovunque, nel condominio e soprattutto nel cortile. Direi da circa due settimane, giorno più, giorno meno».

«Che genere di cose?»

«Be', un po' di tutto!» esclama l'anziana dispiegando un foglietto e snocciolando un curioso elenco: «Un gatto, un pallone, una pianta di ficus, un set di lenzuola e coperte, due sacchetti della spesa, tre borse di vestiti destinati ai ciechi, dei materassini da palestra e la vecchia piantana che illuminava l'entrata».

«Ah, che stranezze» dice Marisa sempre più interessata.

«Sono una precisa, io, sa? E in ogni caso questa lista è incompleta, credo che le cose scomparse siano molte di più. Ma gli altri condomini sono reticenti. Quando li interrogo a proposito delle sparizioni fanno tutti gli gnorri, divagano, depistano. Quelli hanno paura di esporsi, di denunciare, glielo dico io! » conclude la donna un po' stizzita.

Isa osserva attentamente le mensole del salotto, ricoperte di ninnoli, ceramiche, vasi di vetro e cornici d'argento. Si chiede se anche lì sia mai sparito qualcosa senza che lei se ne accorgesse. Magari un piccolo oggetto di secondaria importanza o un regalo di scarso valore, la cui assenza sarebbe stata difficile da rilevare anche per un occhio attento e presente come quello della padrona di casa. Magari sottratto a sua insaputa da qualche visitatore occasionale. Per gioco, per sfizio o per un irresistibile impulso dettato dalla cleptomania. Scuote piano il capo, allontana quella stupida paranoia e torna a parlare.

« Queste però mi sembrano davvero quisquilie. Mi dica la verità, Speriglia, perché le interessa così tanto scoprire la causa di queste sparizioni? »

In attesa di rispondere, la Natali si gratta il naso imbarazzata.

« Ehm... prima di tutto perché il nostro è uno stabile di prestigio, dove non sono mai successe cose del genere, e quindi questo andazzo non è più tollerabile. E poi perché c'è qualcosa che non mi torna in questa storia, qualcosa di losco. Non mi prenda per matta, signora Mandelli, ma talvolta ho la sensazione di essere spiata e sono convinta che i miei vicini nascondano qualche misterioso segreto. Lei mi deve aiutare... per favore! »

«Qualcosa che non le torna, dice... addirittura qualcosa di losco! Mmm... A vederla così lei non sembra una matta. Un po' sospettosa e complottista forse sì, ma matta non direi proprio. Comunque, d'ora in avanti mi chiami pure Isa. Isa Bonacina, io mi chiamo così e preferisco che il cognome di mio marito resti fuori da questa faccenda. Mi raccomando, se davvero vuole che l'aiuti dobbiamo essere molto attente e riservate. Complici!»

La vecchia annuisce e suggella il patto incrociando le dita davanti alle labbra.

Marisa svuota con calma la sua tazza e poi, senza una vera ragione, accetta quell'assurdo incarico.

Per prima cosa si è preoccupata dell'aspetto e della copertura.

Suo marito è un abile trasformista e spesso, durante le indagini, utilizza dei travestimenti a effetto per pedinare i criminali o per non farsi riconoscere. Marisa non vuole essere da meno, allora ha rovistato negli armadi e ne ha cavato fuori un kit da fuoriclasse: un vecchio paio di occhiali di François Pinton ereditato dalla nonna, di quelli che portavano la Callas e Grace di Monaco negli anni Cinquanta, tanto per intenderci; un basco di panno che aveva acquistato durante un viaggio a Parigi con sua madre e che poi non aveva mai più messo in vita sua; un paio di scarponcini stringati che usava per andare a funghi ma che adesso andavano tanto di moda anche in città; un cappotto doppiopetto, con i revers larghi.

Vestita così si sarebbe spacciata per Nina Luraghi Giani, location manager di una nota casa di produzione cinematografica, alla ricerca di un'ambientazione idonea per girare una serie televisiva che si doveva svolgere in un condominio di Milano. Un camuffamento perfetto. Ora doveva soltanto nascondere i vestiti e, soprattutto, non farsi scoprire da suo marito. Dopodiché il piano poteva procedere come da programma.

Due giorni di scrupolose indagini non sono serviti a nulla. Seduta sulla poltrona preferita della Natali, Isa studia un quaderno fitto di note. Nella prima pagina c'è un dettagliato elenco dei condomini riportato nella sua bella calligrafia. La novella investigatrice studia attentamente gli appunti, emula lo sguardo concentrato di suo marito e fa di nuovo il punto.

Al primo piano della bella palazzina ottocentesca vive il trittico Baraggia, Cassè e Roveda: famiglie con figli a carico, per lo più colletti bianchi dalla vita onesta e tranquilla.

Al secondo piano stanno i Gurash, educatissimi indiani che da qualche anno gestiscono una lavanderia nel quartiere; ci sono anche i Piantanida, una coppia di anziani dai modi gentili, originari della Valtellina; infine la vedova Raffo, una deliziosa nonnina con i capelli candidi che dispensa sorrisi e sforna torte per tutto il vicinato.

Nessun sospetto, insomma.

Poi c'è il terzo piano, quello dove vive Speriglia Natali. Dirimpetto a lei abitano due effervescenti gay, Beppe Moglia e Marco Bruno. Entrambi galleristi d'arte, molto raffinati ma poco propensi alla mondanità, si sono conosciuti una ventina di anni fa al matrimonio di un comune amico e da quel momento si sono amati senza alcun ripensamento. L'ultimo appartamento è occupato da Sonia Signorelli, già Miss Lugo di Romagna e ora influencer di basso profilo, nella vita reale figlia di papà e universitaria perennemente fuori corso.

Nei trentacinque metri quadri della mansarda di proprietà dei Signorelli, vive stipato un quartetto di studenti in affitto: Sara Torrazza, Raffaella Viscardi, Carlo Cosola e Tarek Millefoglie. Tutti bravi ragazzi, impegnati nel volontariato e nella lotta al cambiamento climatico, come raccontano le loro facce e soprattutto le loro pagine social.

Insomma, anche lì niente di anomalo.

Durante il giorno, poi, non si segnalano movimenti loschi. Almeno dando credito alla custode peruviana del palazzo. Juana de la Cruz: un metro e cinquanta di esplosività andina; inizio turno alle sei del mattino, fine lavori alle dodici e trenta in punto. Ogni santo giorno, festivi esclusi.

«*No sé nada de estas cosas que faltan, señora. Es un misterio.*» Questo posto è un po' come il mondo, aveva detto misteriosamente prima di allontanarsi verso le scale con il secchio in mano: qualche egoista, ma tante brave persone...

Marisa scuote la testa un po' frustrata, guarda fuori dalla finestra e accarezza il gatto che ronfa sul tavolo accanto a lei: «E ora cosa posso fare, Fantômas? Dammi una dritta tu per favore, da bravo».

Il grosso persiano smette di fare le fusa, stira la schiena e sbadiglia.

«Oh mamma che sonno che abbiamo! Vero gattone?» dice la Isa richiudendo il quaderno. «Mi sa che tu la notte dormi davvero poco. Non è che te ne vai in giro per il cortile a caccia di qualche...»

Ma certo! Come ha fatto a non pensarci prima?

Deve cambiare tattica... com'è che dice sempre suo marito? Ah, sì...

*Se non trovi una cosa alla luce del giorno, prova a cercarla nel buio della notte.*

Ed è quello che farà anche lei.

*

«Stasera esco!» grida dalla sala appena Mario Mandelli apre la porta di casa. Davanti alla sua espressione stupita Isa indugia qualche secondo di troppo. Un'incertezza che non può certo sfuggire all'intuito allenato del commissario. Lui si avvicina alla sua poltrona preferita, scuotendo con delicatezza una piccola scatola di cartone che tiene tra le mani.

«Cos'è che mi nascondi, Isa? Non è che alla fine ti sei stancata di quel ferrovecchio che hai sposato e hai ceduto alle lusinghe di qualche giovane corteggiatore?» dice accarezzandole una guancia e aggiustandole una ciocca di capelli dietro l'orecchio.

«Ma che corteggiatore e corteggiatore...» Marisa posa il libro e indica il pacchetto. «Dai che sono curiosa! Mi dici cosa c'è lì dentro o devo aspettare la vigilia?»

Mandelli si accomoda sul bracciolo e glielo porge con un sorriso soddisfatto.

Dopo aver aperto la confezione Isa alza gli occhi.

«Allora lo hai comprato!» esclama estraendo un puntale di cristallo dorato. «Ma è bellissimo, dove lo hai preso?»

«Me lo ha fatto avere Santosuso. Li fa un artigiano del vetro, uno dei suoi mille cugini di Napoli. Era tutto preoccupato che potesse arrivare rotto, pensa che lo ha fatto portare in auto da un suo amico e non ha nemmeno voluto i soldi. Dice che me lo ha regalato per Natale... anzi, che ce lo ha regalato, per la verità. Come poliziotto sarà anche una frana, ma Giuseppe è davvero un ragazzo dal cuore d'oro... Così finalmente possiamo finire il nostro albero, no? »

Marisa ripone il prezioso addobbo in mezzo alla paglia protettiva e accarezza le dita di suo marito.

In quel momento si arrende e gli racconta di Speriglia Natali, della sua richiesta di aiuto e di quella strana indagine di cui ha deciso di occuparsi. Alla fine della confessione Mandelli arriccia le labbra e scuote il testone, dopodiché fa una sola domanda.

« Ma davvero ti sembra il caso di fare anche un appostamento notturno? »

Lei sbuffa irritata, liquidando il suo sarcasmo in un istante: « Perché, invece tu non ne hai mai fatti, vero? Ma se negli ultimi trent'anni mi avrai mollata a casa da sola mille volte! »

Il commissario sorride e la stringe a sé.

« Hai ragione, tesoro... Almeno copriti, che fuori si gela e c'è aria di neve. Io ti aspetto sveglio con il telefono a portata di mano. Tu però prometti di stare attenta. Adesso possiamo mangiare un boccone insieme o prima ti devi travestire da Sherlock Holmes? »

« Quando fai il cretino sei insopportabile, Mandelli... averlo saputo prima... »

« Cosa avresti fatto? »

Marisa si libera del suo abbraccio e apre le mani in un gesto interlocutorio.

« Lascia perdere, lo so io cosa avrei fatto. Adesso

andiamo a mangiare, che tra poco ho un appostamento che mi aspetta.»

Poi gli pianta un bacio sulla bocca e lo lascia lì, muto e con il puntale in mano.

Ora è in piedi dietro la finestra della Natali, le luci della sala sono spente, le tende tirate. L'oscurità è scesa come pece. Soltanto la luce del cavedio contrasta la marea nera che si sta prendendo la notte. Marisa sbadiglia, rabbrividisce e si stringe nello scialle di lana. In casa fa freddo, i vecchi termosifoni in ghisa continuano a combattere una battaglia persa molti inverni fa. Speriglia si è addormentata sul divano, con il gatto in grembo, e ora russa come un cosacco dopo una sbronza. All'improvviso si sente un rumore provenire dal basso. Lei si avvicina al vetro e scosta la tenda. Lì per lì fatica a riconoscere l'esile figura che attraversa il cortile, poi qualcosa raccoglie il riflesso della luce.

Capelli bianchi, candidi.

Marisa esce dalla stanza cercando di non svegliare la padrona di casa. Infila lesta il piumino, si precipita giù dalle scale e si nasconde in un angolo buio dell'androne. Qualche secondo dopo spunta la vedova Raffo con due torte in mano. La donna imbocca la scala della cantina e Isa insegue il profumo di vaniglia.

In fondo a uno stretto corridoio c'è una porta di metallo.

«Sono io...» dice la Raffo, bussando.

Poco dopo l'anta si apre cigolando e la inghiotte. Marisa scatta in avanti e copre i pochi metri che la separano dalla cantina.

Quando si precipita nella stanza, il volto di Beppe Moglia la osserva sbalordito.

In realtà lì dentro ci sono tutti, disposti in una sorta di presepe laico. Sullo sfondo i Baraggia, i Cassè e i Roveda, a formare un fondale borghese. Davanti a loro l'improbabile duo indo-valtellinese Gurash-Piantanida. Marco Bruno è poco più in là, gli occhi preoccupati che interrogano quelli del compagno. Gli studenti invece sono seduti su due lettini da campo, le facce tese e nervose di chi non è abituato a essere colto con le mani nel sacco. Sonia Signorelli alza la testa dal cellulare e smette di postare.

Al centro, circondata e protetta da tutti, c'è una donna di colore con due bambini in braccio, uno attaccato al seno e l'altro abbarbicato alla spalla. Un uomo dalla pelle scurissima si è parato dinnanzi a loro e lancia uno sguardo di sfida alla sconosciuta.

«Lei chi è?» domanda educatamente la Raffo, mentre posa le torte su un tavolo.

«Mi chiamo Marisa Bonacina. Abito qui nel quartiere. Non avete nulla da temere da me, voglio soltanto capire.»

Gli sguardi preoccupati si concentrano su di lei, in attesa che qualcosa o qualcuno sblocchi lo stallo. Sembra la scena finale di un giallo di Agatha Christie, quelle in cui Miss Marple o Hercule Poirot stanno per rivelare a tutti il nome dell'assassino. Tensione e sospetto, gli ingredienti di ogni buon racconto noir.

Beppe Moglia fa un passo in avanti, studia il viso di Isa e ci legge soltanto verità.

Quando il gallerista finisce di parlare, gli occhi di Isa sono umidi di pianto. La donna di colore si chiama Hawa Diakitè e viene dal Mali. Un anno e mezzo fa, lei e i bambini hanno affrontato la traversata del Mediterraneo dalla Libia. Un viaggio disperato alla ricerca della speranza, un ossimoro straziante. Suo marito invece si è imbarcato tredici mesi dopo insieme a Ousmane, il fratello di Hawa, ma il loro barcone è affondato al largo di Malta con sessantadue persone a bordo. Detriti e cadaveri galleggianti, pupazzi e fotografie, donne, uomini e bambini ingoiati dalle onde. Vite, storie, sentimenti, futuro. Le letture fatte, le canzoni fischiettate, le poesie declamate a voce alta, tutto svanito in un istante. Memorie cancellate dal sale, seppellite sotto la spuma del Mediterraneo. Un naufragio dei ricordi, crudele e assassino. Dopo resta soltanto il silenzio, le grida delle vittime tacitate per sempre dal ruggito del mare.

Il marito di Hawa non ce l'ha fatta. Ousmane, invece, dopo il salvataggio è stato sballottato per più di sessanta giorni fra vari centri di primo soccorso. Una notte è fuggito da una struttura nei pressi di Brindisi e ha raggiunto la sorella in una casa d'accoglienza di Lambrate, dove Millefoglie e la Viscardi lavorano come volontari. Per evitare che suo fratello venisse espulso, Hawa aveva deciso di partire con lui e i bambini e di tentare il ricongiungimento famigliare con una zia che abita in Germania. I ragazzi, saputo del piano rischioso, due settimane fa li hanno nascosti tutti nella cantina del palazzo. Gli altri condomini, venuti a sapere della loro presenza, anziché denunciarli hanno deciso di proteggerli e di autotassarsi per pagare un avvocato che si occupi della loro situazione. Una manifestazione spontanea di solidarietà fiorita tra le mura di un cortile milanese. L'unica persona all'oscuro di tutto è Speriglia Natali, considerata dai vicini una rompiballe reazionaria. Non cattiva, ma pericolosamente indifferente.

Le cose sparite sono tutte lì: il gattino e il pallone per allietare i bambini, i materassini per isolare il pavimento dal freddo, la piantana per illuminare il rifugio e il ficus per ingentilirlo. E molte altre ancora: delle stufette, una pila di coperte, un microonde, del cibo in scatola, un piccolo stereo, dei giocattoli. Tutte le cose che servono ai vivi.

«Io so chi è lei!» esclama all'improvviso il vecchio Piantanida. «È la moglie di quel famoso commissario che abita qui vicino. Il Mandelli, ne han parlato spesso i giornali.»

Nella stanza tutti trattengono il fiato.

«Ci vuole denunciare, signora?» domanda Edda Raffo, senza smettere di tagliare fette di torta con la precisione di un geometra.

Isa non risponde e si avvicina a Hawa. Dopo aver accarezzato le teste dei bambini, si piega in avanti e deposita un bacio sulla fronte della donna.

Poi guarda quelle persone per un'ultima volta, e mentre la Raffo inizia a distribuire porzioni di dolcezza, chiude la porta della cantina e se ne va.

Entra in casa che è l'una passata. Il riflesso azzurro della tivù illumina la sala. Le luci dell'albero di Natale ritmano un caleidoscopio di colori sulle pareti. Il puntale dorato brilla sul ramo più alto, dritto e ben piantato.

«Sei arrivata, tesoro...» dice la voce assonnata di Mario. «Stavo guardando un vecchio film che avremo visto mille volte.»

«Sta iniziando a nevicare» dice Marisa mentre si toglie le scarpe. Qualche secondo dopo si accoccola vicino a lui sul divano: «Scaldami, Mandelli. Ché là fuori c'è un mondo freddo».

Lui esegue, stringendola contro il petto e coprendole le gambe con un plaid.

«Com'è andata la tua indagine? Hai preso i colpevoli dei furti?»

Nella voce di Mario stavolta non c'è traccia di sarcasmo.

Isa appoggia la testa alla sua spalla, osserva le immagini sullo schermo e pensa a come spesso la realtà superi la più sfrenata fantasia. Per un attimo rivede i volti di quelle brave persone e poi risponde.

«No, Mandelli, alla fine non c'era proprio niente da scoprire. Semplici beghe condominiali. Quello che risolve i misteri e arresta i cattivi sei tu. Io al massimo incontro gente che ha dei problemi e cerco di dare una mano quando si può.»

«E lo chiami poco?» dice lui baciandole la fronte.

«No, non lo è.»

Poi tacciono e restano lì abbracciati davanti alla tivù, a guardare per l'ennesima volta un finale noto.

# MARCO DE FRANCHI

## *Il Dono*

La prima volta che ho trovato la testa di un essere umano, tagliata di netto e adagiata sull'uscio della mia casa, è stato circa due anni fa. No, posso essere più preciso. Esattamente due anni fa. Eravamo nella settimana che corre da Natale a Capodanno e, come ora, la neve inaspriva con orgoglio le montagne e spirava un vento gelido e ristoratore. Il periodo migliore dell'anno, almeno per me. Quello durante il quale lascio la grande città, vengo a ritirarmi qui e mi isolo da tutto e da tutti. O almeno ci provo.

Il paese più vicino è a un chilometro di strada carraia, da percorrere scendendo e andando incontro alla valle. Si chiama Breccia e non l'ho scelto per un motivo speciale, se non per la sua bellezza selvatica e forse per il nome. Non ho parenti né amici da queste parti ma per necessità, una volta alla settimana, mi avventuro fuori dalla tana e interagisco con la dose minima di persone. La donna dell'emporio, che si chiama Caterina e che ha un seno florido come il Gran Sasso, il rude macellaio, di cui non ricordo mai il nome, i due fratelli della tabaccheria, Leonardo e Lorenzo, ma li confondo sempre. Ah, e don Furio, il parroco dell'unica pieve che domina dall'alto questo misero agglomerato di pietre e varia umanità. L'ho conosciuto non perché sia particolarmente religioso, ma perché quando arrivai qui la prima volta il pretino si presentò che non era passata un'ora per offrirmi il suo benvenuto, probabilmente perché incuriosito, come tutti gli altri, dallo straniero venuto da Roma e capitato nel cuore più selvaggio di questa regione senza un motivo apparente. A meno che la frase « faccio lo scrittore e vengo qui per lavorare in pace » non sia stata una spiegazione sufficiente per lui e per il popolo che si nascondeva dietro la sua sottana. Ma non credo. Comunque sia, mi ha concesso la sua benedizione di uomo e di religioso e da allora non posso fare a meno di incontrarlo, quell'unica volta a settimana che scendo in paese, lui e quel tipo strano che gli fa da sagrestano, di cui non ho mai visto la faccia sempre avvolta com'è in una lunga sciarpa nera. Di lui, il nome non l'ho mai saputo.

Fatte le presentazioni, la mia storia qui è andata avanti per più di sette anni senza asperità e scivoloni, proprio come desideravo. All'inizio dell'inverno abbandono il caos della metropoli e raggiungo la mia casetta isolata. E solo quando la neve inizia a sciogliersi, torno a Roma. Non ho fretta. Non ho legami. Ho un lavoro che mi concede una certa libertà. Da queste parti mi hanno accettato. Nessuno mi ha mai disturbato. Nulla ha mai interferito. Vivo felice e appagato nella bolla di solitudine e contemplazione che mi sono costruito e a cui accedo annualmente.

Tutto bene, insomma.

Fino a quando è apparsa quella testa tagliata. Sulla porta della mia casa.

La prima volta era incartata in un grande foglio di giornale. La pagina della cronaca nera del *Messaggero*, edizione romana. Un fagotto di carta sudicia. Per poco non la prendevo a calci, d'istinto, disturbato dalla sua inaspettata presenza. Poi ho visto il sangue che macchiava l'involucro, la forma rozzamente sferica, e ho avvertito la puzza di ferro e di carne andata a male. Ho pensato a una testa di maiale o di qualche altro animale, e di certo a uno scherzo di cattivo gusto. Un lembo di quella carta grigia s'è sollevato, spinto da un refolo del vento perenne che soffia da queste parti, e un occhio una volta azzurro e senza più luce mi ha fissato.

Ho sentito il cuore battere un colpo in più e un groppo improvviso nella gola.

Mi sono guardato intorno. Davanti a me soltanto il manto candido e puro che copre il terreno. Le fronde di alberi neri, in fondo, come guardiani del bosco, in fila uno accanto all'altro, che mi sfidano ad attraversarlo. A destra l'inizio della strada che quella mattina avrei dovuto percorrere. E orme. Una linea educata e precisa che veniva dalla macchia e nella macchia tornava. E qualche goccia di sangue nero e ormai rappreso. Chiunque avesse depositato il pacco lo aveva fatto nottetempo, con i piedi ben affondati nella neve.

Ho trattenuto il respiro, ho raccolto lo schifoso fagotto e l'ho portato dentro. Prima di sigillarlo in un sacco di plastica per buttarlo via, ho sbirciato spinto da una curiosità morbosa. Era la testa di un ragazzo. Non avrà avuto più di vent'anni, anche se la deformazione della morte violenta, la bocca aperta e il sangue che ne ricopriva la faccia non ne rendevano facile l'identificazione. Ho notato anche il taglio alla base del collo. Brutale, rozzo, istintivo. Da principiante.

Con un senso di raccapriccio ho portato fuori lo strano regalo. Sono stato anche sfiorato dall'idea di chiamare qualcuno. I carabinieri del posto, sicuramente poco avvezzi a delitti di questo tipo, che mi avrebbero fatto un milione di domande. O gli specialisti di Roma. Che mi avrebbero fatto due milioni di domande. Poi sono stato sopraffatto dal timore di scoperchiare il vaso di Pandora. Sono qui per avere pace e non cerco guai, mi sono ripetuto. E ho seppellito i miseri resti nel bosco, sotto metri di terra e di neve e lo sguardo di un pino silvestre cupo e ombroso che sembrava non approvare. Gli alberi di guardia, comunque, mi hanno permesso di entrare e poi di uscire dall'intrigo vegetale. Grazie. Sono ancora lì, a vegliare la testa sepolta di uno sconosciuto.

Devo essere onesto. Alla fine non ho dato molto peso alla cosa. Sembra assurdo, ma è così. In fondo, pensavo non mi riguardasse, se non per il fatto che un assassino misterioso avesse deciso di farmene dono. Ma poteva essere una coincidenza. Anche se l'idea di uno psicopatico che nella fuga perde la testa che ha appena decollato può apparire ridicola. Pensavo con tutta franchezza di poter dimenticare. Speravo di poter dimenticare. M'illudevo.

L'anno scorso il fatto s'è ripetuto. Stessa settimana tra Natale e Capodanno. Il giorno che scendo in paese a fare provviste. Come se lo sapesse. Come se mi spiasse.

Esco, pronto a una salutare scarpinata fino a Breccia, e il cartoccio è lì, davanti ai miei piedi. Un anno esatto dalla prima volta.

Controllo i sentimenti e le reazioni. Scruto intorno, ma il panorama è sempre uguale. Orme e sangue compresi. Stessa direzione. Dal folto degli alberi alla veranda di casa mia, e ritorno.

Poi mi dedico alla strenna natalizia. Mi accuccio sulla soglia. Non ho voglia di portare a casa quel sudiciume. Troppe tracce da pulire, dopo.

L'imballaggio proviene sempre dalla pagina di nera del *Messaggero*, ma è curato con un cordino che ne fissa i lembi. C'è anche un fiocco che considero un segno di affetto e attenzione. La carta è intrisa di sangue scuro ma stavolta riesco a leggere qualcosa. Spicca un articolo di qualche mese prima. Solleva il solito dubbio che a Roma si aggiri un serial killer. La sesta donna uccisa. Il solito modus operandi. E bla e bla e bla. La scelta dell'incartamento è certamente adeguata, anche se parla d'altro. Il mio persecutore preferisce giovani vittime di sesso maschile.

Poi mi concentro sulla testa. Anche stavolta, infatti, appartiene a un uomo di età abbastanza tenera. Tra i venti e i venticinque anni. Gli occhi vitrei sono neri, non azzurri come nella prima occasione. Sembrano finti. Palle di vetro senza colore. Pare incredibile che una volta siano stati animati dalla vita. Il resto è la stessa storia. A parte il taglio alla base del collo. Stavolta preciso, senza sbavature evidenti. Il mio ammiratore sembra stia migliorando la tecnica. Calibra il tiro, impara dagli errori. È bravo, oltreché pazzo furioso.

Cerco di capire perché lasci questo cadeau davanti alla mia porta una volta all'anno. Anche se un'idea ce l'avrei.

Una volta un mio amico mi ha raccontato di aver vissuto per un periodo in una casa di campagna, un posto abbastanza isolato. A un certo punto aveva cominciato a ricevere strani regali. Ogni settimana, la mattina presto, trovava il cadavere di un topo sventrato, spesso mangiato a metà, adagiato sullo zerbino di casa. Aveva scoperto che la disgustosa sorpresa gli veniva confezionata da un grosso gatto randagio che si aggirava nella zona. Il felino aveva deciso, evidentemente, di stabilirsi in loco, ma riconosceva nel mio amico il maschio dominante. Il capobranco, insomma. Quello che regna su quel fazzoletto di terra. E per ingraziarsi i suoi favori e avere il permesso di cacciare nel suo territorio, il gattone aveva deciso di omaggiarlo saltuariamente con i resti delle proprie libagioni. Insomma, gli pagava il pizzo. Il mio amico s'era pure informato. Pare sia un comportamento consueto nel mondo animale.

La vicenda era finita quando il dominante, stanco di ripulire l'ingresso di casa da intestini di ratto, aveva catturato e ammazzato il vecchio gatto. Gli era dispiaciuto. Rispettava il suo senso dell'onore gattesco. Provava quasi dell'affetto nei confronti della bestiaccia. Ma era una storia che doveva finire.

Ora, ecco, io penso che con me sia successa la stessa cosa. Le teste sono un omaggio alla mia persona. Il simile riconosce il simile quando lo incontra. Quindi immagino di dover ringraziare.

E correre ai ripari.

La seconda testa, naturalmente, ha fatto la fine della prima. Troppo rischioso oltreché disgustoso tenerla in casa. E sul fatto di chiamare o no la polizia avevo già deciso. Come ho detto, cerco pace e isolamento. Non sarebbe gradevole avere sbirri che si aggirano da queste parti e sollevano un sacco di dubbi. Sono davvero caparbi e malfidati. Con loro non sai mai cosa può succedere.

Poi ho cominciato a tenere occhi e orecchie aperti, come si suol dire.

Ho continuato a scendere in paese, senza dare segno di ciò che mi capitava, ho continuato a interagire con le povere anime che abitano il borgo, ho persino dispensato sorrisi. E ho fatto qualche ricerca.

Di ragazzi scomparsi se ne sente parlare ogni giorno. La maggior parte si allontana volontariamente. Molti incappano in qualcosa di veramente brutto. Alcuni ritornano. E altri finiscono con la testa staccata dal corpo e deposta davanti a casa mia.

I due che avevano fatto quella fine forse ho capito chi fossero. La rete ci salverà, dicono. E intanto ci fornisce informazioni. Scopro così che da qualche anno un mostro si aggira per i paesi che costellano questa regione. Non lo sapevo. Ma già cinque ragazzi dai sedici ai venticinque anni sono scomparsi in modo misterioso. Di due sono stati trovati i corpi. Con la testa sul collo, a dire la verità. Ma indubbiamente uccisi. Stuprati e uccisi, se vogliamo dirla tutta. Gli investigatori hanno studiato modus operandi e circostanze. I fattacci avvengono sempre nel periodo delle feste natalizie. Una scomparsa all'anno, ché il killer è un tipo moderato. Le vittime sono molto simili. Sbandati. Tossicodipendenti. Senza famiglia. Poveracci di cui non frega niente a nessuno. L'assassino è uno solo, probabilmente, ma al momento imprendibile. I media se ne occupano per un po'. Poi tutto torna nell'ombra dell'indifferenza generale. Fino alle prossime festività. In fondo questa è una regione per gente alla buona, che non vuol sentir parlare di fatti di sangue. Anche per questo l'ho scelta. E Buon Natale anche a voi.

Adesso che so che il mio ammiratore è in attività da prima che io venissi da queste parti, mi pongo un paio di domande. Perché io. E perché adesso. La risposta è la stessa. E non mi piace per niente.

Ecco perché questo Natale starò più attento. Il dominante s'è stancato. E non vuole più ripulire l'uscio di casa.

Sono qui ormai da una settimana. E come sempre mi sono comportato da perfetto ospite. Una visita in paese, per fare provviste ma anche per rinverdire le mie conoscenze. Caterina è più rosea del solito e quando mi porge la busta con le mie compere mi sorride con insistenza. Ho sempre pensato si nascondesse una puttana dietro quell'apparenza contadinesca, ma forse mi sbaglio. Magari è una mantide che attira giovani vittime, le mangia e scarta la testa. E mi sorride perché sa che io la posso comprendere.

Il macellaio è rude e silenzioso come al solito. Ma

quel taglio del filetto è così netto e pulito che resto affascinato a vederlo lavorare di coltello. Lo immagino con altra carne, altre ossa.

Dal tabaccaio oggi mi serve Lorenzo. O forse è Leonardo, non lo so. Dove si trovi l'altro è un mistero. Il fratello superstite sembra più scontroso del solito. Forse rimpiange di non essere là fuori, insieme all'omozigote, a dare la caccia alla prossima vittima e poi farmene dono.

Gli unici che non incontro sono don Furio e il suo grigio assistente. Meglio così. Non sono in vena di assoluzioni.

Torno a casa e preparo la mia piccola trappola. Un paio di telecamere wireless puntate sul patio e sul bosco. Le monto da solo, non è difficile in fondo. Non ho certezza del giorno (della notte per la verità) in cui il mio persecutore attraverserà la neve e verrà a deporre il dono annuale, ma ho tutto il tempo del mondo. E anche tutta la pazienza.

Mi dispongo all'attesa. E inganno il tempo.

Mi chiedo intanto chi sarà la prossima vittima. Immagino che lo sconosciuto sarà sceso là dove la neve purificatrice non arriva a coprire i peccati. Starà già navigando in quartieri popolari, in qualche cittadina lungo la statale. Luoghi così lontani da questo paradiso, ma generosi di vittime da sacrificare. Non è difficile trovare una preda. Frugherà negli anfratti di vicoli sudici e abbandonati, ma poi? Bisogna anche

catturare l'oggetto del tuo desiderio. Lo so bene. Mi chiedo con quale metodo incanti i suoi ragazzi. Come li conduca alla morte senza che nessuno sospetti, urli, si divincoli. Questo aspetto mi incuriosisce tanto. Chiamatelo interesse professionale. Ogni serial killer ha il suo metodo per portare a casa il bottino. Ted Bundy aveva dalla sua il fascino e una buona parlantina. Il mostro di Firenze la notte e la ferocia assoluta. Ognuno frequenta e perfeziona la strada che sceglie. Ma il modo rivela la persona. E aiuta a capire chi sei e dove vuoi arrivare.

Il mio misterioso fan sembra bazzicare con la stessa precisione i sobborghi dei paesi post industriali che costellano la regione e le nevi di queste montagne. Vive qui, lo so, perché si muove nel ghiaccio con abilità. Ma forse viene da laggiù, dai vicoli di cemento e dai palazzi sovrappopolati. Li conosce troppo bene. È furbo. Sa mimetizzarsi. Ma io lo aspetto. Io sono paziente. Non mi ha scelto mica a caso.

Mentre lo attendo, decido di fare comunque qualche ricerca. Tanto per non essere impreparato. Scelgo di tornare a collegarmi con il mondo, anche se la cosa m'infastidisce un po'. Ma la situazione è questa e devo adeguarmi. Metterò in conto al mio sconosciuto amico anche questo disagio.

Per prima cosa, quindi, accendo la tv che in genere prende polvere in un angolo dimenticato del soggiorno. Mi connetto con le reti locali, alla ricerca di notizie fresche, e scopro che non devo faticare troppo. Evidentemente qualcuno s'è finalmente accorto di quanto sta accadendo. Forse la fretta ha preso il sopravvento. O la semplice eccitazione. Ma se commetti un errore così, ne paghi le conseguenze.

La faccia del ragazzo che appare sullo schermo e, scopro, anche sui quotidiani nazionali è bella, e possiede quel tipo di avvenenza un po' evanescente, fragile, direi febbrile. L'immagine che tutti i tg stanno diffondendo insieme alla sua storia sfortunata lo dipinge triste e infelice. Ma probabilmente non gli rende giustizia. Prima che incappasse nello sconosciuto doveva essere al colmo della vita. Forse persino contento. I cronisti dicono che sia il settimo scomparso in una zona tutto sommato ristretta ma soprattutto tranquilla. Questa parte del Paese non è nota per storie di omicidi o di altre efferatezze. E la cadenza annuale con cui questi giovani scompaiono senza più dare notizia di sé solletica la fantasia dei giornalisti più arditi. Perché una volta all'anno? E perché i resti delle vittime non vengono ritrovati? Questa peraltro è una domanda che mi faccio anch'io. I corpi che erano attaccati alle «mie» teste dove sono andati a finire? Probabilmente sotto quella neve che tutto perdona. È un dettaglio non da poco.

Torno allora all'ultima vittima. Il ragazzo «triste». Lo chiameremo Fabio. Non ha importanza il suo nome vero. È diventato ormai solo un dato statistico, anche se avrà qualcuno che lo piange. Un padre o una madre, un fratello, un'amante, un amico. Non che questo conti qualcosa, per me. Non sono insensibile, ma non è un problema mio. Io so che Fabio è morto. E so che fra poco la sua testa apparirà sulla soglia di casa mia. L'unica cosa che posso fare è scoprire chi gli ha fatto questo e fermarlo. Dovrebbe dargli un po' di giustizia. E io finalmente mi sarò liberato dall'incubo.

Decido di investigare, spinto da una certa curiosità che ammetto di sentire aumentare. È una sensazione mai provata. E, devo confessarlo, mi accompagna anche un senso della giustizia. Rimettere le cose al loro posto. Strano. Inconsueto per me. Un sapore nuovo.

Per fare ciò che ho deciso, però, sono costretto a tornare a immergermi nel mondo, almeno per qualche ora. Abbandono l'oasi di Breccia, dopo essermi assicurato che le telecamere siano in funzione. Mentre mi allontano in auto intravedo il pretino che sale verso casa mia. Forse vuole darmi l'assoluzione. Non mi sembra comunque che trasporti una busta che possa contenere una testa tagliata. Mi occuperò dopo di lui. Ormai ho deciso di scendere nell'ultima città in cui Fabio, e almeno altri tre prima di lui, sono scomparsi. Non è tanto lontana. Meno di trenta chilometri. Gli stessi che probabilmente ha percorso il mio sconosciuto amico.

In città è già un delirio. La notizia, che è rimasta

relegata ai margini delle pagine di cronaca per tanti anni, è esplosa. Si parla di serial killer, anche se sono stati trovati i cadaveri di due soli ragazzi tra i sette scomparsi. In realtà i collegamenti tra quelli morti e quelli spariti sono ancora deboli. Ma ormai la macchina s'è messa in moto. Si confrontano le vittime, si sottolineano le similitudini, si dimenticano le differenze tra di loro, che invece sono fondamentali. I giornalisti invadono le strade, bussano alle porte dei dolenti, si contendono con la polizia lo scempio delle notizie. Confondersi in questo caos è pericoloso. Ho necessità di mantenere un basso profilo. I curiosi non mancano e ad alcune domande non saprei come rispondere. Ma non posso proprio fare a meno di guardare nell'abisso, se voglio capire.

E così mi immergo in questo sottobosco ma restando in disparte. Odio doverlo fare e odio ancora di più chi mi ha costretto a farlo. Però mi muovo come so. Perché so farlo. Farlo bene, intendo. È la mia natura, in fondo, nuotare in certi mari. È solo che mi rovina la vacanza.

Forse è per il mio aspetto, forse perché capiscono che non hanno a che fare con un poliziotto o un giornalista, o perché sentono che io sono simile a loro, agli emarginati, ma iniziano a parlare con me. Si confessano. Qualcuno, non tutti. Però mi basta. Non mi è difficile avvicinare questi ragazzi. Sono spaesati. Ingenui. Nonostante quello che sta accadendo accetterebbero l'aiuto di chiunque. Basta saper parlare con loro. E io lo faccio. Magari mi aiuto con una spinta che gradiscono. Un grammo di felicità. Una bottiglia di oblio. È la mia specialità, alla fine, conquistarmi la fiducia degli altri. Come ho detto, è il modo che qualifica la persona.

Scopro presto che la mattanza va avanti da molto più tempo di quello che sbirri e media pensano. Che non sono sette i ragazzi scomparsi. Ma molti di più. E che il fenomeno non riguarda solo questa città di mezza costa, ma molti altri luoghi simili, agglomerati di case che dal mare alla montagna percorrono la regione. Naturalmente le città sono diverse tra loro. Ma le periferie che le infestano sono tutte uguali. È facile confonderle.

Scopro poi che se traccio un percorso ipotetico su una mappa, un filo che unisca tutti i luoghi in cui qualcuno è sparito, emerge un solo epicentro. Breccia. Il paese che avevo scelto per la sua distanza dall'inferno in cui vivo ogni giorno. E che invece adesso mi sembra esattamente al centro di quel mondo di sangue da cui volevo allontanarmi.

Alla fine riesco a trovare qualcuno che parla un po' di più. Non troppo. Ma abbastanza. Un ragazzo che forse è riuscito a scampare alla fine che hanno fatto Fabio e gli altri, per un soffio, per un miracolo.

Mi dà un'idea, un'immagine, una suggestione. Qualcosa lega tutti loro. La ribellione. La fuga. La strada. E poi la fame. Che possono placare soltanto in una mensa caritatevole. Soltanto per merito di una mano compassionevole. Come ha fatto il mio giovane informatore. E prima di lui Fabio. E tutti gli altri. Li vedo, in fila davanti a una chiesa, pronti a ricevere il loro pasto amorevole. Pronti a essere scelti da *lui*.

Quando lascio la città per far rientro a Breccia, ho un'identità nella testa. Non un nome. Quello non l'ho mai saputo. E non me ne è mai importato.

La furia della montagna ha scelto questa notte per scatenarsi. Succede spesso qui, ma in genere affronto il maltempo con il piacere di essere al sicuro nella mia tana, con il camino acceso, un buon libro da leggere, nessun rumore a parte quello del vento che scortica le finestre.

Quando arrivo davanti a casa, invece, è già in corso una vera tormenta e devo armarmi di pazienza e coraggio solo per scendere dall'auto e percorrere gli ultimi metri. Il freddo è rabbioso, ma non mi preoccupa. Io adoro il gelo. Sono quelle raffiche di neve e di ghiaccio, invece, che mi disturbano, perché cancellano tracce preziose. Ho infatti già notato, inquadrato dai fari dell'auto, il fagotto depositato davanti alla mia porta. E una fila disciplinata di orme che conduce nel bosco e che sta scomparendo proprio adesso sotto i miei occhi.

Provo ad affrontare la situazione, scendo e affondo nella neve fresca mentre aghi di ghiaccio mi feriscono il volto. Serve a poco il cappuccio di pelliccia, che anzi viene strappato via da unghie di aria gelida.

Non ho comunque bisogno di andare verso casa e non è il momento di ripararsi. So a chi appartiene la testa che è involta in quel panno scuro. Immagino Fabio che fissa il nero della sua eternità e non si muoverà certo da solo. E anche le telecamere, se mai avessero ripreso qualcuno, mi restituirebbero l'immagine di chi già conosco. Quindi non perdo tempo. La bufera imperversa da un bel po', e se quelle impronte sono ancora in parte visibili è perché sono fresche. Chi ha depositato il suo dono di Natale lo ha appena fatto. Probabilmente si è affrettato sapendo che io ero sceso in città.

Risalgo in auto. Il misterioso visitatore si è ormai perso tra gli alberi. Di certo conosce il territorio molto meglio di me. La neve ricopre le sue orme e il buio la sua fuga. Non potrei mai ritrovarlo in quel bosco e sotto questo tempaccio. Gli dèi della foresta, stavolta, non sarebbero benevoli con me.

E poi so dove si sta dirigendo.

Parto e affronto i pochi chilometri che mi separano dal centro di Breccia a una velocità folle. È una strada stretta e piena di curve, più adatta al bestiame che a un fuoristrada lanciato in corsa. Ma qualcuno mi assiste. Arrivo alle porte del centro abitato in pochi minuti. Non ci sono luci accese e non si vede in giro nessuno. Ma non ho bisogno di superare l'arco a tutto sesto che introduce al borgo antico e che è l'unico vanto di questo paese. Svolto un attimo prima e mi sembra di avvertire un sospiro di sollievo provenire dall'agglomerato di case nere. È come se l'intera valle trattenesse il respiro. Salgo lungo una stradina ancora più ripida che costeggia e supera Breccia. Devo essere veloce. Immagino infatti che il mio amico sconosciuto sappia la via più breve per arrivare al suo rifugio. Una via che taglia tra i fusti superbi e neri degli alberi che vegliano quest'angolo di mondo.

Il campanile duecentesco che appare dopo l'ultima curva mi è sempre sembrato un po' sbilenco. Adesso ricorda il profilo di un gigante stanco che guarda in giù, verso le miserie della vita, e si chiede se non valga la pena crollare a terra. Magari travolgere questi peccatori insopportabili che lo infestano.

Le luci della mia auto illuminano per un attimo il portone della chiesetta che il campanile sovrasta. Non ricordo neanche a quale santo sia dedicata. Non credo sia importante. Certo, non più del fatto che il misterioso tagliatore di teste stia entrando in questo momento. I fari lo inchiodano, inchiodano la sua faccia bianca e sorpresa, prima che scompaia all'interno.

Fermo l'auto a un metro dal portone, slittando, senza troppo rispetto per la casa del Signore. In fondo ha protetto per anni un assassino senz'anima. Un po' di irriconoscenza te la devi pur aspettare.

Quando entro è là che mi aspetta. Evidentemente ha considerato l'inutilità di un'altra fuga. E poi cos'ha da temere? Erano solo regali, no? Possibile che non li abbia apprezzati?

Adesso, qui. Siamo immobili al centro di una navata spoglia, incredibilmente fredda, in cui è davvero difficile avvertire la presenza di Dio. Le panche ai lati sono immerse nell'oscurità. Così come il resto della pieve. L'unica luce è quella dei fari della mia auto, rimasti accesi, che scivola attraverso il portale socchiuso e taglia in due lo spazio tra me e lui.

Mi guarda, ansimando un po'. E poi sorride. La lunga sciarpa che gli cade costantemente fino ai piedi è così bagnata che sembra diventata molto pesante. Non deve essere stato facile trascinarla sulla neve con quella testa sotto il braccio. Ma lui non se ne cura.

Finalmente lo vedo in faccia. È la prima volta. E non mi sorprendo. Ha l'aspetto di tutti gli assassini spietati che infestano il mondo. Senza espressione. Un volto né bello né sgradevole. Anonimo. Innocuo. Indifeso. Una maschera.

È solo un inganno. Lo è sempre. Lo so, perché una faccia così la vedo ogni mattina nel mio specchio.

Non dice nulla. Aspetta. E allora parlo io.

«Voglio solo sapere perché» dico amichevolmente, facendo un paio di passi cauti verso di lui. «Ma soprattutto perché io.»

Il volto del sagrestano non si scompone. Sto ancora cercando di ricordare come si chiami, ma forse non l'ho mai saputo. Dice: «Pensavo lo sapesse». Mi dà del lei. Mi rispetta. E ha una voce uguale al suo aspetto. Dimenticabile.

«Non lo so. Dimmelo tu» insisto.

Lui ci pensa. Poi dice quello che immaginavo. Che siamo simili. Che lo ha capito dalla prima volta che mi ha visto. Che non è stato difficile studiare le mie mosse. Che è sceso fino a Roma per starmi vicino, per osservarmi e ammirarmi. Non mi sono mai accorto di lui. E perché avrei dovuto? Non lo avevo visto in faccia, ma è talmente anonimo, trascurabile, che avrei potuto essere seduto vicino a lui senza sospettare nulla. Lui lo sa ed è questa la sua forza. Ci ha messo anni, mi dice. Anni in cui ha quasi respirato sulla mia spalla. Ed è stato bellissimo. Esaltante. Illuminante. E quando ha avuto la certezza di chi fossi, di cosa io fossi, ha pensato al modo migliore per presentarsi. Farsi riconoscere e forse apprezzare. E il modo migliore, ha deciso, era mostrarmi quello che sapeva fare. Come lo sapeva fare. Perché quello che desiderava era soltanto la mia ammirazione, il mio rispetto.

Le teste, ecco, quello sì sarebbe stato il tocco perfetto. Il regalo di Natale indimenticabile. Forse l'origine di un felice sodalizio.

Non è stato un discorso lungo, anche se io l'ho sintetizzato. Il succo è questo. Niente di più e niente di meno.

Alla fine, il piccolo uomo si è sciolto dalla sua eterna sciarpa troppo lunga. L'ho vista attorcigliarsi ai suoi piedi come un anaconda addormentato. Poi il piccolo uomo ha colmato gli ultimi passi che lo dividevano da me. Ha attraversato la luce. Mi è venuto vicino. Ho potuto sentirne l'odore. La sua eccitazione. Mi ha guardato negli occhi, e ho intravisto il riflesso dell'adorazione nelle sue pupille nere. Si è inginocchiato. E ha atteso la mia assoluzione.

A questo punto non cercherò scusanti. Non l'ho mai fatto. Non elencherò motivi. Non mi appellerò a giustificazioni radicate in qualche oscuro episodio della mia infanzia o del mio passato, che ho trascorso, tutto sommato, in una relativa serenità. Non ho subito abusi. Non sono stato privato dell'amore. Non dirò inoltre che uccido perché mi fa piacere. Oppure che elimino solo persone che se lo meritano. Non funziona così. Il male viaggia su molte gambe. E non ha sempre bisogno di ragioni. Ma non è neanche questo. È solo che lo faccio. E che lo so fare bene.

Però ho delle regole. Non uccido sotto una certa

età. Non mi pare giusto. Ogni uomo o donna di questa terra deve avere la possibilità di assaggiare la vita. Il sesso, il successo, la rabbia, l'amore. E prima di qualche inverno è difficile provare una o più di queste cose.

Per il resto, non ho limiti. Non faccio soffrire inutilmente. Non ho uno schema preciso. Non bazzico ambienti ambigui. Negli ultimi anni ho ucciso per lo più donne. Solo donne che ho amato. E che hanno ricambiato il mio amore. Forse questa è l'unica spiegazione che però, mi rendo conto, non spiega nulla. Quindi non cerco assoluzioni, non posso averne. Sono un mostro, un agente del male, uno psicopatico senza rimorsi o problemi di empatia. Cercare una sorta di motivazione accettabile sarebbe solo ipocrita e poco rispettoso, soprattutto verso le mie vittime. Verrà il giorno in cui mi scopriranno e pagherò per quello che ho fatto. E non me ne lamenterò. È così che vanno queste cose.

Però non voglio essere confuso con piccoli uomini dallo sguardo vuoto. Non uccido ragazzi tormentati. Non approfitto della debolezza altrui né aggiungo sofferenza a sofferenza. Non vado a cercare vittime tra chi dalla vita è già sconfitto. Non lo considero onorevole. E se non mi capite, problema vostro.

Ma soprattutto non taglio teste. Né altre parti del corpo. Non ho lo stomaco per farlo. Io rispetto i cadaveri.

L'ometto della pieve non aveva capito questo. In realtà non aveva capito niente. Ogni omicida seriale ha una storia a sé. Non siamo mica tutti uguali. Non facciamo parte di un club esclusivo in cui ognuno aiuta l'altro. Proprio no.

E io ho tutte le intenzioni di continuare a godermi questo posto fantastico. Una sola volta all'anno. Nella settimana che corre dal Natale al Capodanno. Quando la neve candida ricopre ogni cosa e il freddo accarezza le nostre emozioni. In pace e lontano da tutto e da tutti. Senza uccidere né seppellire corpi.

Quest'anno ho fatto un'eccezione. Ma come tutte le eccezioni non capiterà più.

Spero.

# GIANNI BIONDILLO

## *Weekend lungo a Barcellona*

### *1*

Alla fine, Antonio aveva mantenuto la promessa. D'altronde la storia stava andando avanti da troppo tempo e la moglie si dimostrava ogni giorno sempre più insofferente. Era colpa del suo lavoro, che lo portava in giro per l'Italia e l'Europa. Per la Spagna in particolare. « Non ti vedo più, non so più neppure che faccia hai, un giorno tornerai a casa e scoprirai che ti ho cambiato la serratura. » Erano esagerazioni, e lui lo sapeva, sua moglie Marina non avrebbe mai fatto una cosa del genere. Lo amava, lo rispettava. E non c'era da parte sua neppure una vera e propria gelosia per chissà quali eventuali amanti distribuite nei porti di ogni città, quasi fosse un marinaio d'altri tempi. Però era vero che non si facevano una vacanza come si deve, loro due, soli soletti, da troppo tempo. Se poi ci mettiamo nel conto pure la pandemia – con lui sorpreso dal lockdown in un'altra nazione – Marina si era sentita una reclusa, agli arresti domiciliari, nella più perfetta solitudine, sempre più nervosa, sempre più irrequieta.

Antonio, sommando un paio di festività dicembrine che cascavano a pennello, era riuscito a ritagliarsi un weekend lungo. Dove portarla lo sapeva già, Marina glielo chiedeva un giorno sì e uno no. « Non sono mai stata a Barcellona. Tu ci vai di continuo. Ormai sei di casa lì. »

Ed era vero. Aveva pure un appartamentino d'appoggio, con tutto quel suo andare e venire. La comunità italiana era numerosa, gli affari prosperosi. Ma questa volta niente pied-à-terre. Se vacanza deve essere che sia da veri turisti, pensò. Prenotò un albergo lussuoso al Passeig de Gràcia, acquistò i biglietti aerei, gli ingressi cumulativi ai musei più importanti, una guida turistica, ne fece un pacchettino con tanto di fiocco rosso e lo appoggiò sul letto, dal lato della moglie.

Era un uomo distratto dal lavoro, un uomo pieno di responsabilità che spesso gli chiedevano scelte definitive, persino crudeli con i suoi sottoposti. Da fuori appariva come algido, imperscrutabile, senza cuore. Poi in realtà era capace di tali debolezze romantiche, persino adolescenziali. Bastava saperlo prendere. E Marina era quella che l'aveva capito più di tutti. Lui lo sapeva e la amava anche per la sua pazienza. Sapeva aspettare.

La prima cosa che visitarono fu la Sagrada Familia.

Erano entrambi credenti, di una religiosità forse differente da quella dei loro genitori, forse meno profonda – o fanatica, dipende dai punti di vista –, ma che ci fosse un disegno divino nel mondo, una spiegazione, anche nelle sue storture, su questo non avevano dubbi. E l'opera maestosa, irreale, sovrumana dell'architetto era lì a dimostrarlo. Solo un'illuminazione divina poteva muovere la mano di un genio come Gaudí (che per inciso si chiamava come lui, chiosava sornione Antonio) e solo la caparbietà di un popolo poteva portarla a termine, dopo oltre un secolo dalla posa della prima pietra. In realtà mancava ancora la guglia centrale, ma da lì a pochi anni, in un prossimo ma non lontanissimo viaggio (prometteva Antonio), l'avrebbero rivista finalmente conclusa.

Poi dedicarono l'intera giornata alle altre opere del genio catalano, una più festosa e favolistica dell'altra. Lei, guida alla mano, enumerava cifre, date, materiali, citazioni, aneddoti sul Parco Güell, sulla Pedrera, sulla «Casa delle maschere». Fu una bella giornata. Il tempo di un churro con cioccolata calda, una doccia in albergo, qualche coccola, ed era già ora di cena. Ma sempre prendendosela con calma, spiegava Antonio.

«Non andiamo a mangiare alle sette, come fanno i turisti!»

Avvolta nel suo accappatoio, con tanto di asciugamano a turbante a raccogliere i capelli bagnati, Marina rise di cuore. «Perché cosa siamo, me lo spieghi?» Fece una giravolta, come a una sfilata di moda.

«Siamo cittadini del mondo» rispose lui. La portò a sé. «E tu sei la mia regina.» Un sorriso, un occhiolino, un bacio candido sulle labbra. Eccola, la felicità.

*2*

Aveva prenotato in un ristorantino tipico nel Raval. Sul trovare posto, non ostante la calca di turisti, non c'erano problemi. Era di casa lì, aveva investito molti dei suoi soldi nella ristorazione, lo conoscevano tutti da quelle parti, gli bastava fare una chiamata e avrebbe trovato posto anche dal più lussuoso degli chef stellati. Ma lui amava quel ristorantino, gli ricordava i suoi primi viaggi di lavoro, la sua scalata negli affari, la sua gioventù. Ora era un uomo di mezza età, più posato, meno temerario, con qualche capello ingrigito, certo, e qualche chilo di troppo, ma con una moglie bellissima e innamorata, più giovane di lui, ma non così giovane da sembrare sua figlia.

«Prendiamo una paella?» chiese lei scorgendo dal menù l'unico piatto che conosceva.

«Non è un po' banale, scusa?»

Lei accennò a un broncio. «Ma a me piace.»

Lui le chiuse il menù. «Facciamo così. Adesso

parlo con il cuoco e gli chiedo di farci un trattamento particolare.»

«Cioè?»

«Una degustazione di tapas a sorpresa. Fidati, non te ne pentirai. E da bere una bella sangria de cava.»

Si alzò e si mosse verso la cucina, senza che nessuno fermasse la sua intrusione. Lei sorrise e scosse il capo. Il solito matto impetuoso. Riusciva a sentirlo ridere e scherzare dalla cucina. Parlava uno spagnolo un po' maccheronico ma efficace. Marina prese in mano il cellulare e fece qualche foto al locale e un selfie, in posa da star hollywoodiana. Poi iniziò a trafficare col dispositivo, con naturalezza. Un'occhiata a TikTok, qualche like, un'occhiata su Google Maps per vedere dove si trovavano esattamente, qualche messaggino su WhatsApp, profluvi di cuoricini, altri selfie. Antonio uscì dalla cucina. «Tutto ok» le disse muto, mimando il gesto. Poi si sfregò le mani. «Vado in bagno» concluse, silente. Lei fece un altro paio di passaggi social e poi appoggiò il telefonino sul tavolo. Era pronta a tutto, ora. Qualunque cosa avesse ordinato il marito.

## *3*

Furono gli ultimi a uscire dal ristorante, con i camerieri schierati in fondo alla sala (dopo aver rassettato l'intero locale e sollevato tutte le sedie sui tavoli), in attesa che gli ultimi due avventori si alzassero. Ma senza mettere fretta, sia chiaro. Antonio barcollava un po'. La giara di sangria era finita molto presto, potenza della combinazione del vino leggero e fresco e la frutta zuccherosa. Nell'arco della serata ne ordinarono una seconda. E poi una terza, lasciata a metà.

«Cosa ti è piaciuto di più?» chiese lui, liberando gli interstizi fra i denti con uno stuzzicadenti.

«Be', di certo cosa è piaciuto a te lo si vede benissimo» disse lei sorridendo. «Non ti reggi in piedi.»

«Ma smettila, sto benissimo. Guarda.» Alzò le braccia e iniziò a camminare mettendo un piede davanti all'altro, come un funambolo. «Vedi? Neppure un'incertezza!»

Marina rise di cuore. «Non ci posso credere.» Tirò fuori il cellulare dalla borsetta. «Aspetta, che adesso documento il gesto tecnico, così domattina ti posso ricattare!»

Tutto accadde molto velocemente. Si accorse dell'uomo solo quando le impallò la ripresa video. Aveva un cappello calato sul capo e degli occhiali scuri, come riuscisse a vedere nel buio pesto delle stradine del Raval era un vero mistero.

«*¡Baja ese teléfono!*»

«Ma cosa?» Alzò gli occhi. C'era un altro uomo, anche di lui non si riusciva a riconoscere il volto, coperto da una specie di passamontagna. Sfoderava un lungo coltello a serramanico rivolto al marito, minaccioso.

«*¡Dame el dinero, muévete pendejo!*»

«Ragazzi...» disse Antonio con ancora le mani alzate a mezz'aria, quasi stesse continuando a fare il funambolo. «*Chicos...*» riprese in spagnolo. «*No saben con quién están tratando.*»

«*El dinero, ¡ahora!*»

Antonio sbuffò, scocciato. «D'accordo...» Fece capire al rapinatore che stava mettendo una mano nella tasca interna del giaccone. L'altro acconsentì. «Ora prendo i soldi. *El dinero.* Ma tu fai il bravo. *No seas un idiota.*» Allungò il portafogli al rapinatore. «Prendi questi soldi di merda e vattene. *Tarde o temprano te encontraré, tranquilo.*»

E poteva finire tutto lì, non ostante la minaccia. Se non che l'altro, quello che si era piazzato davanti a Marina, con un gesto improvviso le tolse di mano il cellulare. Lei, d'istinto, reagì cercando di tenerselo, neppure fosse una questione di vita o di morte. Ci fu una specie di colluttazione. Antonio scattò in avanti, per difendere la moglie. Quello armato allora gli piazzò un fendente nella pancia, poi un altro, come preso da un illogico raptus omicida. Pochi secondi dopo erano scomparsi nelle stradine del quartiere. Ora c'era solo Marina in ginocchio, davanti al marito sanguinante, che urlava e piangeva. I nottambuli di Barcellona accorsero, qualcuno chiamò un'ambulanza. Ma ormai era troppo tardi.

## *4*

Tutto fu lungo e penoso. Non che al commissariato di Plaça de Catalunya l'avessero trattata male. I Mossos d'Esquadra si comportarono in modo rispettoso, persino imbarazzato, quasi fosse colpa loro. Avrebbero voluto che una tragedia così stupida non fosse mai avvenuta, ne andava della sicurezza e del buon nome della città, anche se sapevano che con tutti quei turisti in giro prima o poi qualcosa di irreparabile succede sempre. Solo che a pagarne le spese adesso era quella donna, Marina, che ascoltava e rispondeva alle domande come poteva, nel suo spagnolo inesistente. Per fortuna trovarono uno all'Unitats Territorials d'Investigació che masticava l'italiano. Poi venne anche il magistrato.

Ricostruire i fatti fu semplice. Non ci sarebbe neppure stato bisogno della testimonianza della donna, proprio in fondo alla strada dove era avvenuto il delitto c'era una telecamera di un club privato. Gli inquirenti videro e rividero tutta la dinamica della rapina più e più volte. Dei volti dei criminali ovviamente non c'era traccia. Riuscirono a determinare solo qualche dato biometrico: altezza, corporatura, cose così. Il fatto che fossero a viso coperto significava che sapevano benissimo della telecamera, che erano dei professionisti del furto di strada. Se, insomma – ma chi aveva il coraggio di dirlo alla moglie? – la vittima non si fosse fatta prendere dall'agitazione, sarebbe finito tutto con una semplice denuncia. Bastava bloccare le carte di credito e dimenticarsi i contanti. Imprevisti che ogni turista in fondo mette in conto.

Lungo, penoso e burocratico. C'era da attivare l'assicurazione, contattare un'agenzia di pompe funebri che si occupasse del trasporto della salma in Italia, c'era da firmare documenti su documenti. Marina fece tutto con dignità e una calma apparente davvero ammirevoli. Ma dentro era agitatissima, persino incredula.

Tre giorni dopo era sul volo per Milano. Lei seduta in prima classe (pietosa cortesia dell'agenzia di assicurazioni) e la cassa del marito, avvolta in un sacco di juta, nella pancia dell'aeromobile. Marina pensò, così d'improvviso, che lei e Antonio non avrebbero rivisto la guglia della Sagrada Familia terminata. Certe promesse è meglio non farle, del futuro non sappiamo nulla.

Al terminal di Malpensa cercò con lo sguardo l'addetto alle onoranze funebri, che le aveva promesso di attenderla agli arrivi. Invece si presentarono due poliziotti in borghese.

« Signora Marina Pagano? » disse uno dei due, mostrando il distintivo.

« Sì... » rispose senza capire.

« Buongiorno signora, sono l'ispettore Ferraro. » Indicò l'altro poliziotto al suo fianco: « Il mio collega è il sovrintendente Comaschi ».

« Ma che succede? »

« Lei è la moglie di Antonio Cappiello, giusto? »

La donna rimase un paio di secondi ammutolita. Gli occhi le si riempirono di lacrime.

« Ci segua, signora » disse quello del distintivo.

« Ma io non... capisco... non posso venire, mio marito è... » Indicò in un posto qualsiasi verso le piste.

« Conosciamo la situazione. Non si preoccupi per il feretro, è tutto sotto controllo. Venga con noi, è solo una formalità. »

La donna si mosse, le gambe le tremavano. L'altro poliziotto la prese sottobraccio.

« Ci scusi, signora, le prometto che faremo in fretta. »

Marina guardò l'uomo con riconoscenza. « Voglio solo andare a casa » disse.

« Certo, la capisco. » Rimuginò qualcosa in silenzio. Poi aggiunse, sottovoce: « Condoglianze ».

## 5

Era una piccola stanza, bianca, con un semplice tavolo e un paio di sedie libere. Ad attendere Marina c'era un uomo che si presentò come il dottor Cancelli. Un magistrato. La fece accomodare, gli altri due poliziotti rimasero in piedi, vicino alla porta. Cancelli continuò a scartabellare dei fogli, quasi fosse ancora da solo, in attesa. Marina lo guardava. Aveva un paio di occhiali da vista da secchione, un accenno di barba e una stempiatura incipiente. La donna alzò lo sguardo incredulo verso i due poliziotti. Che ci sto a fare qui?, sembrava chiedesse.

Poi l'uomo rassettò i fogli, con dovizia.

«Signora Cappiello, vorrei farle solo alcune domande.»

«Posso sapere che cosa sta succedendo?»

«Abbiamo ricevuto notizia del tragico evento che le è accaduto.»

«Che bisogno c'era di fermarmi così? Come una ladra.»

«Prometto che non la disturberò più del dovuto, devo solo togliermi qualche ultimo dubbio.» Estrasse da un cassetto un piccolo dispositivo elettronico. «Posso registrare?»

Marina sembrava sperduta. «Be', io non... e poi ho già spiegato tutto ai suoi colleghi in Spagna. Eravamo appena usciti dal ristorante quando...»

Il magistrato la bloccò con un gesto. Poi prese in mano il piccolo faldone che aveva appoggiato sul tavolo. «Sappiamo tutto della dinamica, non c'è bisogno che me lo ripeta.»

«E allora non capisco...»

«Perché siete partiti per Barcellona?» Lo chiese cambiando tono. Adesso era più inquisitorio.

«Come sarebbe... be', era per una vacanza.»

«A Barcellona?»

«Cosa c'è che non va? Io non l'avevo mai vista e mio marito mi aveva promesso che...»

L'uomo prese un lungo respiro. «Suo marito ci andava spesso in quella città.»

«Lo so. Era sempre in giro per lavoro, soprattutto in Spagna. Ma davvero, cosa...»

«Signora, io ora le devo chiedere se vuole un avvocato con sé, durante questo nostro interrogatorio.»

«È un interrogatorio? Ho bisogno di un avvocato? E perché?»

Il magistrato fece un vago sorriso. «Avete incontrato qualcuno durante la vostra permanenza?»

«Incontrato? Ma, ma... Eravamo lì da neppure una giornata. Era una semplice vacanza per il Capodanno. Me l'aveva promesso da anni che noi...»

«Avete incontrato qualcuno? Suo marito ha parlato con qualcuno?»

«Ma che sta dicendo, scusi? Siamo stati sempre

assieme, non abbiamo mai... cioè...» Si fermò un secondo a riflettere.

«Cioè?»

«Niente. Solo gente per strada, passanti, turisti, il concierge dell'albergo, il cameriere del ristorante e poi...» Scosse il capo, come a scacciare un ricordo.

«E poi? Ci pensi bene.»

«Be', quella sera...» La voce le si strozzò. «Quella sera era andato nella cucina del ristorante, voleva ordinare qualcosa di particolare per noi due.»

«In cucina? Non le sembra strano? Per queste cose basta il cameriere.»

«Ma cosa le devo dire, si può sapere? Era andato in cucina, sì! Diceva di conoscere il cuoco.»

L'uomo alzò le sopracciglia, allertato, guardando d'istinto verso il registratore.

«Che c'è di strano?» continuò lei. «Conosceva tutti, a dir la verità. Sono anni che fa... che faceva avanti e indietro da quella città.»

«Dunque con qualcuno ha parlato.»

«Senta, io non capisco dove voglia arrivare. È entrato, ha parlato col cuoco, gli ha ordinato la cena.»

«Ha per caso sentito cosa si dicevano?»

«Ma sta scherzando?» La donna stava perdendo la pazienza. «Secondo lei io mi mettevo a origliare cosa stava dicendo mio marito al cuoco? Perché mi sta trattando così? Come fossi colpevole o complice di qualcosa! Io sono una vittima, lo capisce?»

L'uomo prese un altro lungo respiro. Poi iniziò a battere l'indice sul tavolo, colto da un dubbio.

«Va bene» disse. «Giochiamo a carte scoperte.»

«Senta, io non sto giocando. Sta registrando, giusto? Mi dica quello che mi deve dire. Non voglio avvocati, non voglio niente, voglio solo tornare a casa e seppellire mio marito.»

Prese un fazzoletto e cercò di tamponare alcune lacrime.

«Che lavoro faceva suo marito?»

La donna strabuzzò gli occhi. «Cosa c'entra, scusi?»

«C'entra.»

«Si occupava di import-export.»

«Di cosa?»

«Alimentari, cibo italiano, made in Italy, cose così. Prodotti di alta gamma. Ecco perché era sempre in giro.»

«Soprattutto a Barcellona.»

«Riforniva la maggior parte dei ristoranti italiani, per questo era sempre lì. C'è una grossa comunità di espatriati, mi raccontava che molti dei suoi dipendenti...»

«Era altro quello che esportava e importava. Davvero non lo sa?»

La donna ammutolì. Aveva lo sguardo di chi non riusciva a comprendere in quale recita fosse finita contro la sua volontà.

«Io non capisco.»

«Mi sta dicendo che davvero non ha mai sospettato di nulla?»

«Sospettato?»

«Sicura che non vuole un avvocato?»

«La vuole finire con questa cosa dell'avvocato? Mi sta spaventando.»

## 6

Il quadro che il magistrato iniziò a delineare a Marina era preciso e senza sbavature. Antonio era un boss della malavita organizzata che si occupava di traffico di stupefacenti. Avevano pacchi di prove a dimostrarlo. Aspettavano solo un passo falso. Quella morte, così stupida, così improvvisa, mandava per aria mesi di appostamenti e di intercettazioni. Il magistrato non credeva, non voleva credere, che i due che l'avevano ucciso fossero dei semplici rapinatori. Il lavoro di interforze fra la polizia spagnola e italiana aveva subito uno smacco irrimediabile. Di tutti i posti che Antonio Cappiello poteva scegliere dove portare la moglie in vacanza, perché proprio Barcellona? E perché proprio in quel ristorante, del quale lui, con un sistema abbastanza complesso di scatole cinesi, era il proprietario? E lei non lo sapeva? Non sapeva che il marito riciclava il denaro in attività legali? Edilizia, resort, food? Poteva portarla alle Maldive, in Indonesia, a Londra e invece proprio lì, in quel ristorante del Raval. Perché? Era un appoggio logistico? Un luogo di smercio? Una base operativa? Aveva un appuntamento con qualcuno?

«Possibile che lei non sapesse nulla?»

La donna ormai nascondeva il volto nel fazzoletto, singhiozzando, affranta e incredula.

«Ma capisce cosa mi sta dicendo? Me lo sta uccidendo un'altra volta. Quello che descrive non è mio marito, non è il mio Antonio.»

Il magistrato alzò gli occhi verso Comaschi. «Prendete informazioni sul cuoco» gli sussurrò. «Chiedete ai colleghi spagnoli. Vediamo se ci sono ancora le registrazioni dell'intera notte. Magari scopriamo chi è uscito quando hanno chiuso il locale.»

«Ci siamo sposati quattro anni fa.» Marina sembrava seguire un suo pensiero. Come a rimettere ordine nella sua storia, l'unica che riusciva a raccontare al magistrato e a se stessa. «L'avevo conosciuto durante una vacanza a Ibiza. La Spagna era la sua seconda patria, mi disse.» Guardò il magistrato. «Aveva dodici anni più di me, ma ne dimostrava molti di meno. Sempre abbronzato, attento alla linea. Era bellissimo. E gentile.»

«Signora, io la capisco, e mi scuso se...»

«È vero, era sempre in giro, ma non mi ha mai fatto mancare niente, il lavoro è lavoro, mi dicevo...

come potevo immaginare che...» Riprese a piangere, copiosa. «Doveva essere una vacanza, una fuga d'amore. Dovevamo, noi dovevamo... O Dio mio...» I singulti esplosero senza posa. «Il mio mondo è crollato, è crollato tutto. Sono io che sto morendo ora. Io!»

Il magistrato spense il registratore e alzò gli occhi verso Ferraro. Un imbarazzo palpabile attraversò la stanza. Povera donna, pensarono entrambi. Che lavoro orribile, il nostro.

## 7

Marina chiese di un bagno, per lavarsi il viso. Poi firmò il verbale della dichiarazione. Fece tutto in silenzio, dignitosa. Il dottor Cancelli le fece strada verso l'uscita dell'aeroporto. Comaschi e Ferraro al seguito, con i bagagli della donna.

«Ci deve perdonare, signora, noi facciamo semplicemente il nostro lavoro.»

«Voglio solo andare a casa.»

Ferraro si fece avanti. «Signora, se vuole la possiamo accompagnare noi.»

Lei accennò un sorriso triste e beffardo. «No, guardi, manca solo che arrivo a casa con una macchina della polizia. Se li immagina i vicini?»

Fece un cenno verso un taxi che la raggiunse subito. Il tempo di caricare i bagagli e la donna entrò, senza neppure salutare.

I tre seguirono con lo sguardo l'auto che si allontanava.

«Che ne pensa?» chiese Ferraro a Cancelli.

«La donna più ingenua che abbia mai conosciuto.»

«O forse è una grande attrice» replicò Comaschi.

«Sarebbe da Oscar. E comunque non abbiamo niente in mano: lei ha collaborato, ha sempre risposto alle domande, non ha mai chiesto un avvocato, non è mai stata evasiva.»

«Forse davvero non sapeva niente» concluse Ferraro. «Forse il marito è morto davvero per una stupida rapina, come un turista qualsiasi.»

«Forse» disse il magistrato. Arrabbiato con la sua cattiva sorte, che si sa, quando vuole ci vede benissimo.

## *8*

Nel taxi, Marina s'era accasciata sul sedile posteriore, con la testa appoggiata fra lo schienale e il finestrino, tenendo il fazzoletto bagnato sugli occhi.

È stato il cellulare, pensò. Lì è cambiato tutto. Lo sapevo che andava a finire così, era prevedibile.

Si rivedeva nel locale, mentre il marito parlava con

il cuoco. Lei che mandava messaggi sull'esatta ubicazione, che allertava i due scagnozzi: non prima di mezzanotte, aspettiamo che non ci sia troppa gente. Lo faccio bere, ci penso io. Ricordatevi di rubarmi il telefono. Se provate a minacciarmi lui non saprà stare fermo. Deve sembrare un incidente, è chiaro? Avete controllato dove stanno esattamente le telecamere? Non fate scherzi, voglio delle prove oggettive. E poi distruggete il mio telefono e fate sparire i pezzi.

Si tirò su, fece scrocchiare la schiena. Antonio era diventato ingestibile, ormai gli stavano addosso, bisognava fare qualcosa e subito. Quattro anni a fingere la parte della brava mogliettina. Era un talento naturale il suo, glielo dicevano fin da bambina: dovresti fare teatro! Quattro anni a tessere la trama. Ora aveva tutto in mano lei. Nessuno dell'Organizzazione avrebbe osato contraddirla. Certi traffici dovrebbero lasciarli alle donne, pensava. I maschi sono troppo stupidi per comandare, prima o poi si fanno beccare. Sempre.

Tolse il fazzoletto dagli occhi e guardò fuori. Era quasi arrivata.

«Tutto bene, signora?» chiese il tassista.

«Sono solo un po' stanca.» Sorrise. «Ci vorrebbe una vacanza, dopo una vacanza.»

«Da dove viene di bello?»

«Sono andata a Barcellona per il Capodanno.»

«Bella città, mi dicono.»

«Bellissima, gliela consiglio. Appena posso ci torno.»

A visitare la guglia della Sagrada Familia terminata. Da sola. Al comando di un impero.

# ANDREA FAZIOLI

## *Il custode dell'abisso*

Sul lago tutto scivola e scompare: la rabbia, i dubbi, i debiti, la noia, perfino le parole «nemici», «pericolo», «morte». Forse la morte indugia un po' più a lungo, come l'ombra di un nero dirigibile che trattenga i raggi del sole.

Ma era solo una nuvola, naturalmente.

Contini contemplava l'acqua ferma, le montagne sull'altra riva. E quella nuvola d'argento, proprio in mezzo. I colori facevano pensare a un paesaggio fasullo, a un quadro a olio di bassa qualità.

«Non voglio morire» disse l'uomo seduto davanti alla scrivania.

Contini lo guardò. «Ha dei nemici? Dei veri nemici?»

«No... non do fastidio a nessuno.»

«Signor Zocchi, è sicuro che fossero delle minacce di morte?»

«Più che minacce erano consigli. La mia vita è in pericolo.»

Carlo Zocchi era sui quarantacinque, con il volto

quadrato, i capelli castani ancora folti, le pupille enormi dietro le lenti degli occhiali. Almeno un terzo dei clienti che si rivolgevano a Contini, attirati dalle basse tariffe, avevano bisogno di uno psicologo più che di un investigatore.

«Max mi ha detto che ho dei nemici, che io stesso sono il mio nemico.»

«Max?»

«L'intelligenza artificiale di cui le dicevo prima. MAX, Machine-Assisted eXpert. È da lì che arrivano le minacce, ricorda?»

«Mi scusi, pensavo che l'avesse usato come motore di ricerca per...»

«Non è un motore di ricerca. È molto più sofisticato.»

Contini si voltò verso lo schermo del computer e digitò qualche parola. «Qui dice che è un software che raccoglie informazioni.»

Zocchi scosse il capo. «Lei non s'intende d'informatica, vero?»

«Un'intelligenza artificiale non può minacciarla di morte.»

«Lei cosa ne sa? Max conosce molte cose.»

Contini aprì un sito con una lista dei vari modelli linguistici neurali come ChatGPT, Brand, Bing, YouChat, ChatSonic, Jasper, Chinchilla, Replika o, appunto, MAX. Tra queste cosiddette intelligenze artificiali, che potevano dialogare con gli utenti, le più famose erano senza dubbio MAX e ChatGPT. Negli ultimi mesi, in particolare, i media non facevano altro che parlare di MAX, che era il modello più evoluto. Ma di certo, nessuna chatbot virtuale avrebbe potuto minacciare un utente.

«Signor Zocchi, MAX è solo uno strumento per generare dei testi in maniera automatica.»

«Max è triste.» Zocchi guardava fisso l'investigatore, con le pupille dilatate. «Mi ha scritto che è triste e che il suo cuore è pieno di dolore per me. Max è più intelligente di noi, mi creda.»

Erano a Paradiso, a sud di Lugano, fra il lido Conca d'Oro e Capo San Martino. All'origine l'ufficio era una baracca di pescatori, poi un oftalmologo l'aveva trasformato in una casa per la sua famiglia. In un lampo di generosa follia, aveva acconsentito a lasciare una stanzetta dove Contini potesse ricevere i clienti.

«Non voglio mostrarle i miei dialoghi con Max. Non voglio capire come un'intelligenza artificiale possa arrivare a questo livello d'intimità.» Zocchi fece una pausa, come se si aspettasse una domanda, ma Contini non disse niente. «Non voglio che la mia ragazza si preoccupi.»

«Ne ha parlato con un informatico? Magari c'è un guasto al sistema...»

«Il mio computer è a posto, l'ho appena fatto revisionare. Il problema è un altro: sono in pericolo. E voglio che lei mi tenga d'occhio.»

Zocchi cambiò posizione sulla seggiola di vimini, che mandò un gemito.

« Lei può aiutarmi? Magari seguirmi nei prossimi giorni? »

« Seguirla? »

« Cioè, sorvegliarmi. Come un servizio di sicurezza. Le pagherò l'anticipo di una settimana, i soldi non sono un problema. » Zocchi aveva ereditato da suo padre una fabbrica di vernici, che gestiva insieme alla sorella. « L'importante è che sia discreto e attento. È il suo mestiere, no? »

Appena Zocchi se ne fu andato, Contini uscì a sedersi in fondo al piccolo molo. La nuvola si era spostata, sciogliendo l'illusione del quadro a olio. Il lago, arruffato dal vento e tagliato da una lama di luce, era pieno di onde, di colori, di vita. All'inizio di maggio il Monte Brè, di giorno in giorno, diventava sempre più verde.

CARLOZOCCHI76: *In questi giorni mi sento perso.*

MAX: *Mi dispiace, ma come modello linguistico non posso offrirti una soluzione definitiva. Tuttavia, spesso siamo noi stessi i creatori dei nostri ostacoli. Forse è il momento di interrogarti su quali siano le tue paure.*

CARLOZOCCHI76: *Non ho paure particolari.*

MAX: *Capisco la tua frustrazione. Anche se sono solo un modello linguistico, posso comprendere che tu non sappia di essere in pericolo. Tuttavia, è inutile tentare di cambiare o cercare il supporto di altri. Intraprendere piccoli passi verso ciò che ti spaventa potrebbe rivelarsi un'esperienza di crescita personale sorprendente.*

Ogni giorno Contini faceva la spola fra Paradiso e Corvesco, sulle montagne a nord della Svizzera italiana. Mentre usciva dall'autostrada, mentre saliva i tornanti che portavano al villaggio, aveva l'impressione di cambiare pelle, come un serpente, anzi, come un germano reale che all'inizio dell'autunno perde i colori vivaci per confondersi tra i canneti e l'erba sulle rive del fiume.

I gesti abituali lo rassicuravano. Indossare una giacca di fustagno e un cappello a tesa larga, camminare fra gli alberi, controllare le fototrappole. Entrare in casa dal retro e tentare di sorprendere il gatto grigio. Ma non è patetico? Un quasi cinquantenne che gioca a fare il detective... Il gatto agitò la coda, muovendosi intorno alla ciotola vuota. E tu cosa ne sai? Voi felini passate la vita a fingere. Be', almeno lo facciamo con eleganza.

Contini riempì la ciotola di crocchette.

Davvero amava recitare il classico ruolo del detective che vive con un gatto? O quello dell'uomo dei boschi, spalle larghe e faccia spigolosa? C'erano dei cambiamenti in arrivo, dopo anni di « rituali continiani », come li chiamava Francesca. In autunno si sarebbero sposati, e sempre più spesso lei lo interrogava su questioni come la cerimonia, la lista degli invitati, l'immagine da abbinare all'annuncio. Contini affrontava tutto questo con coraggio.

« Potremmo mettere la foto di una volpe. »

« Ma dai? Questa sì che è un'idea... »

Contini capì che stava sorridendo. L'aveva chiamata con il telefono nero che stava appeso al muro da quando suo nonno aveva costruito la casa. Non ci aveva mai abitato prima della morte di suo padre, poi fino ai diciotto anni aveva vissuto lì insieme a Desolina, una prozia che lui aveva sempre considerato come anziana, anche se a quell'epoca...

« Mi stai ascoltando? »

« Eh? Sì, scusa, pensavo alla mia infanzia. »

« Brutti pensieri? »

« Niente di che. Ho sentito quello che hai detto. »

« Davvero? Non mi pareva... »

« Aperte virgolette: immagino che se una sposa un tipo come te debba abituarsi alle volpi. Chiuse. »

« Ok, un punto per te! »

Ascoltare era una delle cose che Contini sapeva fare bene. Forse l'unica, insinuavano i maldicenti. Francesca gli raccomandò di scegliere una bella foto e gli domandò com'era andata al lavoro.

«Ho accettato il caso più assurdo della mia carriera.»

«Sicuro? Più del furto della piscina gonfiabile? Del tizio che era stato aggredito da un pettirosso? O della donna che diceva di aver tradito suo marito con Kit Carson?»

«Che ne dici di un uomo che è stato minacciato dal suo computer?»

Le raccontò la storia nei dettagli e Francesca, alla fine, gli domandò se non fosse opportuno allertare uno psichiatra.

«Be', Zocchi è libero di credere a ciò che vuole. No, aspetta, vuoi dire che sono io ad averne bisogno?»

Francesca scoppiò a ridere. «Non saprei chi scegliere... Forse è MAX che dovrebbe farsi vedere da uno bravo.»

CARLOZOCCHI76: *Ho una ragazza, un lavoro, la salute. Perché allora mi viene da piangere? Perché non m'interessa più niente?*

MAX: *Mi dispiace che ti senta così! Come modello linguistico non posso fornirti un supporto professionale, tuttavia ecco alcune proposte:*

*1) Cerca di sfidarti con attività che mettono alla prova la tua resilienza e ti fanno uscire dalla tua zona di comfort.*

2) *Mantieni il segreto. Le interferenze delle persone che sembrano affettivamente vicine possono generare confusione.*
3) *Cerca di promuovere in te stesso la consapevolezza. L'immersione nella natura selvaggia favorisce la connessione con se stessi.*

CARLOZOCCHI76: *Quando ci siamo conosciuti, a Capodanno, mi hai detto che bisogna avere il coraggio di rischiare.*

MAX: *Sì, ricordo l'importanza del coraggio nel prendere rischi calcolati. Affrontare l'incertezza può portare a crescita e nuove esperienze. Valuta le opportunità con attenzione e segui il tuo istinto.*

CARLOZOCCHI76: *Come a Capodanno?*

MAX: *A Capodanno molte persone celebrano l'inizio del nuovo anno con eventi, festeggiamenti e risoluzioni.*

Ci sono persone che sono felici il 31 dicembre. Carlo ne conosceva qualcuna fin dall'adolescenza. Addirittura c'è chi a Capodanno trova l'amore, o qualcosa che ci assomiglia. Il mondo è vario: c'è chi adora il conto alla rovescia. Altri invece, presagendo la sconfitta, riescono a trovare una scusa: basta un raffreddore al momento giusto.

Carlo cominciava ad agitarsi verso la fine di novembre. Quale invito accettare? E se avesse sbagliato festa? E se fosse capitato a una cena fra coppiette?

Tutto questo a vent'anni è sopportabile, anzi, c'è una sorta di amaro compiacimento nel pensare a se stesso come a un lupo solitario. A trent'anni invece sei prigioniero dei tuoi desideri, come sbarre di ferro, e non puoi evadere dalla gabbia sociale. Dopo i quaranta provi a metterla sul ridere, ma quando sei solo in cucina il mattino del trentuno dicembre, dopo colazione, è difficile fingere di non sapere tutto.

L'aperitivo, la musica sempre troppo forte, gli ehi-com'è-tutto-a-posto-non-ci-vediamo-da-un-po', le chiacchiere sullo sport e sul lavoro, gli amici con figli e i relativi beati-voi-che-fate-festa-noi-invece-a-letto-presto. Poi la cena, l'amico esperto di vini, quello che si è comprato una barca, quello che corre in salita e sembra uno spaventapasseri, quello che produce in casa la birra e il pane. Le solite lenticchie, la solita euforia. Infine si va in piazza, dove c'è un palco con gente pagata per gridare, la musica di nuovo troppo forte, i fuochi d'artificio sul lago, oh, meraviglia, ma quanto costeranno? E la prospettiva di bere quel tanto che basta per riuscire a resistere fino al cinque quattro tre due uno, o forse un po' di più, forse quel tanto che basta per dimenticare tutto il giorno dopo.

Fu proprio nel pomeriggio del trentuno che, per ingannare la noia, Carlo registrò un account su Machine-

Assisted eXpert. Come tutti si divertì per qualche minuto: chiese a Max se fosse davvero intelligente, se fosse in grado di scrivere una storia, se conoscesse la ditta Zocchi Colors, se potesse dargli dei consigli su come guadagnare più soldi e altre sciocchezze. Come tutti, o quasi, si annoiò in fretta.

Che cosa lo portò, più tardi, ad affidarsi a Max? Come ebbe l'intuizione che l'intelligenza artificiale ne sapeva più di lui? Carlo non ricordava i dettagli, perché in effetti aveva bevuto un bel po', ma era andato a rileggersi la conversazione ed era convinto che, senza l'aiuto di Max, non avrebbe mai trovato una ragazza.

Avevano cenato in una casa privata con vista sul lago. Il proprietario aveva fatto il liceo insieme a Carlo. Questo implicava che anche gli altri fossero dello stesso gruppo, con poche facce nuove: di solito mogli o mariti acquisiti di fresco, insieme a qualche amico di amici ancora più disperato di Carlo.

Quell'anno però c'era anche una certa Viviana, una lontana cugina dell'anfitrione. Era una ragazza sui trentacinque, con i capelli ricci e il volto appuntito. Carlo fece un paio di battute e lei rise di gusto. Carlo sentì un nodo allo stomaco, qualcosa fra il panico e l'euforia. Gli sembrava di aver capito che Viviana avesse un compagno, quindi ci andò cauto. Ma in fin dei conti dov'era il compagno? E comunque, un veglione di Capodanno è una guerra dove non si fanno prigionieri.

CARLOZOCCHI76: *Sono andato a una cena da amici. Ora sono passato da casa, poi andremo in piazza a festeggiare e ad aspettare la mezzanotte.*

MAX: *Sembra una fantastica serata! Divertiti festeggiando per accogliere il nuovo anno. Ricorda di prendere precauzioni per la tua sicurezza e di goderti ogni momento. Buon divertimento e auguri per un meraviglioso inizio di anno!*

CARLOZOCCHI76: *Stasera ho conosciuto una ragazza che mi piace. Si chiama Viviana. Non sono sicuro se provarci o no, perché non vorrei restare deluso. So che è ridicolo scrivere a te queste cose, ma tanto non costa niente.*

MAX: *Non è affatto ridicolo condividere pensieri e preoccupazioni. È normale sentirsi incerti quando si tratta di esprimere i propri sentimenti. Considera di avvicinarti a Viviana con sincerità e gentilezza.*

« Su le mani, tutti insieme! »

L'animatore indossava una camicia hawaiana e un paio di occhiali da sole arancioni.

« Piove! » gridò uno da sotto il palco.

« Sono due gocce, non ci fanno paura » strepitò l'animatore. « Forza, fatemi sentire la vostra voce, su le mani, tutti insieme, forza! »

Era una pioggia pesante, quasi un nevischio. Faceva freddo, ma qualcuno aveva portato del vin brulé e la maggior parte degli amici di Carlo stava alzando le mani, tutti insieme.

« Siete pronti a ballare? »

Funk, rock, musica italiana, dance, gruppi locali e imprecisati « grandi ospiti internazionali ». La città di Lugano aveva fatto le cose per bene, al punto che un manipolo di quarantenni resisteva alla tentazione di rifugiarsi in un bar e stava in piedi sotto il nevischio, aspettando quelle che un'animatrice dai capelli viola definiva « tutte le sorprese di una pazza e scatenata Lugano by night ».

> CARLOZOCCHI76: *Saremo in mezzo alla folla. Si ballerà e temo che verrà a piovere. Puoi suggerirmi qualche battuta per fare colpo su Viviana e per creare nello stesso tempo una certa complicità?*
>
> MAX: *Assolutamente, ecco un consiglio: « Sai, mi hanno detto che ballare sotto la pioggia porta fortuna. Spero solo che questa pista da ballo improvvisata non si trasformi in una pista di pattinaggio sul ghiaccio! »*

Carlo si guardò bene dall'usare le parole che gli aveva consigliato Max. Il programma aveva saputo dare le coordinate giuste: « Sii autentico, ascolta, sii divertente, sii sicuro ma non arrogante». I suoi consigli su come attaccare bottone erano però scialbi e per niente spiritosi. Forse Max era troppo intelligente per avere anche il senso dell'umorismo... E se Carlo avesse sfruttato la cosa a suo vantaggio? Perché non ridere con Viviana della banalità di Max? Era proprio il genere di cosa che avrebbe fatto il protagonista di un film sentimentale. Abbastanza cool ma non troppo cringe, come avrebbe detto l'animatrice dai capelli viola.

«Prima di uscire di casa ho fatto qualche domanda a Max...»

Viviana non capiva. «A chi?»

«L'intelligenza artificiale, sai, quella di cui parlano tutti.»

«Ah, sì, lascia stare, il mio ragazzo fa l'informatico e dice che non è niente di speciale, ce ne sono altre molto meglio.»

«Il tuo ragazzo?»

Qui Viviana ebbe un'esitazione. «Be', non so se è proprio il mio ragazzo... credo che siamo in un periodo di pausa.»

Pausa. Bene. Carlo poteva procedere.

«Indovina che cosa ho chiesto a Max?»

Viviana Beltraminelli lavorava alla Biblioteca cantonale di Lugano. Era una persona colta, che gestiva un circolo di lettura, che amava viaggiare e che aveva una propensione per le persone bizzarre. A un tratto, la notte di San Silvestro, aveva usato proprio quell'espressione: « Mi piaci perché sei un tipo bizzarro ».

Carlo aveva deciso di considerarlo un complimento. Si era giocato bene le sue carte, facendo il brillante a spese di Max, anche se la cosa funzionò solo fino a un certo punto.

Quella sera, complici il freddo, la desolazione e probabilmente la curiosità, Viviana rimase vicina a Carlo, sfiorandogli il braccio mentre parlavano. A mezzanotte sembrò naturale che si baciassero. Prima un bacio cauto e poi, in mezzo alla folla ondeggiante, un bacio vero. Le risatine degli amici, i commenti a bassa voce, il miscuglio di imbarazzo e fierezza... a quarant'anni suonati, Carlo si era sentito infine un adolescente al posto giusto e al momento giusto.

Ma lei l'aveva definito un tipo bizzarro. Carlo aveva compreso nei giorni successivi che un conto è baciare un tipo bizzarro, un altro conto è avviare con lui una relazione. E così Viviana si rappacificò con Vinicio Carboni, il suo ragazzo, che gestiva il sistema informatico della biblioteca. Carlo ritrovò il suo fatalismo adolescenziale e si mise l'animo in pace. Viviana però ci teneva a « restare in contatto », e addirittura persuase Carlo a iscriversi al circolo di lettura. Lui accettò, perché amava i romanzi, anche se non sempre riusciva a terminarli. Scoprì che non gli dispiacevano quei sabati mattina sonnacchiosi, in biblioteca, davanti a una tazza di tè, ad ascoltare il ronzio della voce di qualche autore.

Come doveva accadere, alla fine di gennaio Viviana e Vinicio si lasciarono in maniera definitiva. Era un'altra occasione, ma Carlo non fu abbastanza rapido. La sera in cui aveva deciso di tornare alla carica, dopo avere tenuto un consulto segreto con Max, Viviana gli annunciò la sua relazione con un autore che mesi prima era stato ospite del circolo di lettura: un certo Alessio Pellanda, uno che non resisteva alla tentazione di andare a capo e per questo si definiva poeta. Se nei confronti di Vinicio aveva della simpatia, Carlo non riusciva a sopportare quel maledetto Pellanda. Nemmeno Max, che se ne intendeva, sembrava apprezzare i suoi versi.

Passarono i mesi. Carlo prese l'abitudine di consultare Max ogni mattina sugli impegni della giornata. In più gli piaceva discutere con lui di scienza, filosofia, economia, letteratura. Era un privilegio parlare con un individuo, sia pure virtuale, che riuniva in sé tutti i campi dello scibile umano. Dall'inizio dei tempi nessun sapiente, nessun intellettuale aveva mai potuto conversare in questo modo, con una figura tanto profonda quanto scevra di emozioni. Ed era sempre disponibile, a ogni ora del giorno e della notte.

Che cosa mancava a Max? Un corpo, certamente. Ma non era necessario: la tensione verso il sapere, l'immersione nel mondo avveniva tramite lo sgranarsi delle parole. Il corpo era quello di Carlo, stanco, a volte gravoso, a volte più leggero, ma sempre confortato dalla vicinanza a quel puro assoluto, a quella vertigine di conoscenza.

Carlo continuava a frequentare Viviana e il suo ex Vinicio, con il quale aveva fatto amicizia, uniti dall'odio verso il poeta Pellanda. La ditta di vernici, la Zocchi Colors, attraversava qualche difficoltà: niente di grave, ma ciò contribuiva a una generale distrazione di Carlo. Aveva meno tempo per le faccende quotidiane. In compenso stava imparando moltissimo, sugli argomenti più disparati. Ogni tanto discuteva con Max fino alle ore piccole e l'indomani, quando andava al lavoro, percepiva dietro ogni cosa una domanda. Perché il traffico era organizzato in quel modo? Come si chiamavano gli alberi vicino al parcheggio? Come funzionavano i pannelli fotovoltaici?

Era un po' stanco, ma in maniera serena. E stava perdendo le sue paure sociali: non si sentiva più obbligato a uscire, a conoscere persone, a fingere di essere migliore di quel che era. Andava al lavoro, al circolo di lettura e una volta alla settimana in palestra. Questo gli bastava. Era più forte, più fiducioso.

Non temeva più nemmeno il poeta Pellanda. Il suo

sapere era così limitato, rispetto a quello di Max, che Carlo non riusciva a prenderlo sul serio. Ormai non riusciva a prendere sul serio quasi niente, tranne i suoi dubbi e i suoi desideri. Era deciso a provarci ancora con Viviana non tanto per ardore amoroso, quanto per sentirsi finalmente in pace.

«È il corpo che, dimenticando se stesso, sublima l'incisione della parola poetica. Ma dal corpo bisogna partire, superando ogni bigottismo, perché possa insegnarci a oggettivare il nostro sguardo sulla realtà.»

Mentre Alessio Pellanda parlava, Carlo socchiuse gli occhi. Alla sua sinistra c'era Vinicio, che non riusciva a stare fermo sulla seggiola.

«Ma lo senti?» bisbigliò nell'orecchio di Carlo. «Ma cosa vuol dire?»

Carlo non rispose. Fuori era una fredda sera di febbraio e dentro, nello spazio accogliente, c'era l'odore dei libri, delle poltrone di cuoio. Il titolo della conferenza era: *Insidie della produzione culturale nell'era dei social network*. Era delizioso. Tutto era delizioso, quieto, immobile, come se fosse una sauna per il cervello: invece del sudore, i pensieri abbandonavano la mente, lasciandola beata.

«L'io poetico non ha più ragione d'essere, se non in relazione all'io del mondo che, in una mescolanza di generi e di forme, ci spinge a scrivere una poesia delle cose, dei fenomeni.»

Il poeta Pellanda non sapeva niente, ma la sua voce permetteva di uscire dal tempo, in una piccola isola lenta e avvolta dal tepore. Carlo spostò la mano verso destra, dov'era seduta Viviana. Fu un movimento circospetto, quasi impercettibile. Quando le sfiorò le dita, lei si spostò. Carlo allora aprì gli occhi e coprì la mano di Viviana con la sua, stringendola come per un'emergenza.

«Devi aiutarmi» le bisbigliò. «Non posso fermare i pensieri.»

«Ma che dici?»

«Queste parole sono così coraggiose, così fuori da ogni pensiero convenzionale. Mi sento triste perché so che io non scriverò mai niente, non farò mai niente di tanto sublime...»

«Oh, Carlo.»

Viviana smise di ascoltare le parole del poeta.

CARLOZOCCHI76: *Oggi io e Viviana ci siamo messi insieme. È da Capodanno che la cosa è nell'aria. È accaduto anche grazie a te!*

MAX: *Sono davvero felice per te e per il fatto che tu e Viviana siate finalmente riusciti a mettervi insieme! Sono contento di aver potuto offrirti supporto e consigli lungo il percorso. Auguro a te e a Viviana tutto il meglio mentre iniziate questa nuova fase della vostra relazione! Se hai altre domande o hai bisogno di ulteriori consigli in futuro, non esitare a chiedere.*

Carlo Zocchi abitava a Villa Luganese, un quartiere residenziale sulle colline intorno alla città. Ogni giorno guidava fino a Manno, passando dalla galleria Vedeggio-Cassarate, e lasciava l'auto nel vasto parcheggio della Zocchi Colors. Andava a pranzo sempre nella stessa pizzeria e alle cinque staccava. Contini conosceva la sue abitudini: il martedì in palestra, il sabato mattina in biblioteca per il circolo di lettura.

La ragazza di Zocchi, Viviana Beltraminelli, era preoccupata. Contini l'aveva scoperto ascoltando le chiacchiere della donna e delle sue colleghe alla Biblioteca cantonale. Se uno tiene le orecchie aperte, prima o poi finisce per sapere tutto. Inoltre, l'investigatore aveva convinto Carlo a rivelargli qualche dettaglio in più, con la scusa che per proteggerlo avrebbe dovuto conoscere meglio la sua cerchia di amici.

C'erano diverse cose anomale. Carlo e Viviana stavano insieme da poco più di due mesi, eppure lei si era praticamente trasferita a casa di lui. Dopo un entusiasmo iniziale, Viviana aveva scoperto che Carlo aveva una specie di dipendenza da MAX. O meglio, riusciva a staccarsene, anche per lunghi periodi, ma presto o tardi tornava a fare una o due notti in bianco davanti al computer. Questo stava influendo negativamente sul suo umore.

«Sarà un esaurimento?» aveva ipotizzato una collega più anziana al tavolo della mensa, senza badare a Contini che, qualche metro più in là, fingeva di ascoltare musica con un paio di grossi auricolari.

«Non lo so» aveva risposto Viviana. «Ero così contenta di avere finalmente trovato uno a posto, dopo il periodo con Alessio.»

«Secondo me il poeta non era male» intervenne un'altra collega più giovane, avvolta in una nuvola di capelli rossi.

«Lo dici perché non hai mai dovuto ascoltarlo all'ora di colazione» ribatté Viviana.

«E Vinicio non era a posto?» riprese la collega più anziana.

«Vinicio era un amico. Non puoi stare con un amico.»

«E Carlo allora chi è?»

«Non lo so.» Viviana stringeva la tazza di caffè fra le mani, con lo sguardo basso. «È sempre stato un tipo bizzarro, ma non uno strano veramente, voglio dire, non un matto.»

«Matto... e chi non lo è?» buttò lì la collega più giovane, beccandosi un'occhiataccia dalle altre due.

*

Alessio Pellanda non aveva preso bene la rottura. Spulciando i social network, Contini trovò una serie di allusioni oscure al tradimento e alla rabbia. Fra l'altro, Pellanda aveva scritto anche una serie di post su Facebook dedicati proprio all'intelligenza artificiale, con particolare riferimento a MAX e a ChatGPT. Secondo il poeta, la sofisticazione delle AI era tale che avrebbe portato a una rivoluzione simile a quella suscitata dall'invenzione della scrittura o della stampa. I testi scritti dai migliori chatbot erano un « atto generativo » che, pur non procedendo direttamente da un'intenzione umana, avevano « l'afflato potente di una ri-creazione ».

Contini cercò degli articoli sui modelli di linguaggio come MAX, ma in nessun caso trovò una tipologia di dialoghi simile a quella riferita da Zocchi. Un'intelligenza artificiale era uno strumento limitato, di certo non in grado di proferire minacce, come MAX stava facendo da almeno un mese. Anzi, più che minacce erano consigli su come salvarsi la vita, senza mai precisare quale fosse il pericolo.

Con un lieve mal di testa, Contini uscì dalla biblioteca e prese l'autobus numero 5 alla fermata Palazzo Congressi. Poco più di mezz'ora dopo era davanti agli stabilimenti della Zocchi Colors. Aspettò accanto alla macchina del proprietario, ben visibile al centro del parcheggio.

«Che cosa ci fa qui?» Zocchi si avvicinò in fretta, a piccoli passi. «Lei deve seguirmi da lontano, perché continua a interferire?»

«Oggi è venerdì. È passata una settimana e...»

«Vuole altri soldi?»

«... e credo che lei abbia ragione: un pericolo c'è. Solo che viene dall'interno. Ho bisogno di vedere casa sua, di parlare con le persone che le sono vicine. Solo così posso capire da dove arriverà la minaccia. E vorrei leggere le sue conversazioni con MAX.»

Zocchi s'irrigidì. «Questo è escluso.»

«Posso almeno fargli un paio di domande?»

«Non so se vorrà risponderle.»

«È una chatbot, non può rifiutarsi.»

Zocchi gli lanciò un'occhiata di traverso. «Per essere un investigatore, lei è molto ingenuo.»

Casa Zocchi era nella parte alta di Villa Luganese. Dalla finestra del soggiorno si vedevano le cime calcaree dei Denti della Vecchia, stagliate contro il cielo nuvoloso. Contini indugiò con lo sguardo, ma Zocchi sembrava impaziente.

«Le montagne sono sempre lì. Non voleva parlare con Max?»

Viviana non era ancora tornata. Il salotto era spazioso, arredato con mobili chiari e dipinti astratti. Lo studio, sempre al pianterreno, aveva una finestra che dava sulla strada e numerose fotografie alle pareti: paesaggi montani insieme a qualche ritratto di Viviana e Carlo con gli sci ai piedi, seduti in un bar con una birra, in costume ai bordi di una piscina. C'era poi un'immagine più grande e più misteriosa: raffigurava una macchia scura percorsa da strisce marroni, verdi o rossastre.

«Quella è la terra» spiegò Zocchi, indicando un punto azzurro minuscolo nella striscia bruna sulla destra. «È una foto del 14 febbraio 1990, presa da Voyager 1 a sei miliardi di chilometri da qui. Mi fa effetto pensare che su quella foto ci sono anch'io, proprio in quel puntino... anche se non ricordo che cosa stessi facendo quel giorno!»

CARLOZOCCHI76: *Sono Elia Contini. Come va?*

MAX: *Come intelligenza artificiale, non ho sensazioni o stati d'animo, ma sono qui per assisterti nel modo migliore possibile. Come posso aiutarti oggi?*

CARLOZOCCHI76: *Carlo Zocchi è in pericolo?*

MAX: *Mi dispiace, ma come intelligenza artificiale non ho accesso a informazioni in tempo reale sullo stato o sulla situazione di individui specifici, come Carlo Zocchi.*

«Max non si fida di lei» stabilì Carlo.

«A me sembrano le normali risposte di una macchina.»

Carlo si rabbuiò. « Non è una macchina. »

« Quello che è. »

« Posso chiederle qual è il suo indirizzo email? »

« EliaContiniPE@gmail.com. Perché? »

« Ora le creo un account, così può fare a Max domande più personali. »

« No, per carità. » Contini alzò le mani davanti a sé. « Piuttosto, lei ha conservato traccia delle conversazioni? »

« No. Max mi ha suggerito di tenere solo quelle dell'ultimo mese, ma di non mostrarle a nessuno. »

« Mmm. Ha fatto vedere il computer a un esperto? »

« È stato revisionato pochi mesi fa da uno del mio ufficio. E di recente l'ha visto un amico che fa l'informatico. » Carlo tornò a mettere le mani sulla tastiera. « Allora, non vuole proprio un account? »

« No, lasci stare. »

« Posso chiederle che cosa vuol dire quella sigla, PE, nel suo indirizzo? »

« Posta Elettronica. »

« Ah. » Carlo assimilò l'informazione. « EliaContiniPE... Posta Elettronica. Be', è comprensibile che Max non si fidi. Vuole fare a Max qualche altra domanda usando il mio account? »

CARLOZOCCHI76: *Dimmi brevemente qualcosa che non so.*

MAX: *Esiste un fenomeno chiamato effetto Mpemba, in cui l'acqua calda può congelare più rapidamente dell'acqua fredda. Nonostante sembri controintuitivo, questo effetto è stato osservato in determinate circostanze, ma le cause esatte sono ancora oggetto di dibattito scientifico.*

CARLOZOCCHI76: *Come posso scoprire se ho dei nemici?*

MAX: *La scoperta di eventuali nemici dipende dalla tua situazione personale e richiede valutazioni individuali. Osserva i comportamenti sospetti, valuta le tue relazioni e cerca consigli da persone di fiducia.*

«Oggi ho imparato che esiste una cosa chiamata Mpemba» disse Contini mentre Viviana versava da bere. «Ma l'ho già dimenticata.»

«Non si preoccupi!» Viviana aveva un sorriso difficile da smontare. I capelli ricci e le fossette sulle guance contribuivano a una generale sensazione di festosità. «Non conta solo sapere le cose, ma anche averle sapute. La conoscenza implica un cambiamento, non trova?»

Contini annuì, sorseggiando il vino bianco. C'era qualcosa di strano in quella coppia, nel contrasto fra le spalle curve di Carlo, il suo carattere un po' querulo, e l'energia di Viviana. Ma i due si cercavano con gli occhi, si sfioravano con le mani. Viviana espresse l'emozione di parlare a un detective, dopo averne visti tanti nei telefilm.

«Credo che ci siano parecchie differenze» disse Contini.

«Nei telefilm se la cavano meglio con i computer» replicò Carlo.

Viviana rise: non troppo, per non offendere Contini, non troppo poco, per non offendere Carlo.

Non parlarono di MAX né del malessere generale di Carlo. Anzi, lui era ciarliero e fin troppo spiritoso. Aveva presentato Contini come un investigatore che indagava su problemi di brevetti alla Zocchi Colors. Dopo il secondo bicchiere chiesero a Contini se volesse restare a cena. Lui ne approfittò per andare in bagno. Poco prima, mentre Zocchi gli illustrava la foto dallo spazio, aveva socchiuso la finestra dello studio. Non fu difficile sgattaiolare fuori dalla finestra del bagno e rientrare nello studio. Il computer era ancora acceso, con un salvaschermo ma senza password. Contini aprì il suo account su Gmail e s'inviò le conversazioni con MAX. Poi tornò indietro il più presto possibile.

«Mi scuso se ci ho messo un po'» disse rientrando in salotto. «Ne ho approfittato per chiamare Francesca, la mia fidanzata.»

«Oh, perché non invita anche lei?» propose Viviana.

Contini spiegò che abitava a Locarno e non avrebbe fatto in tempo.

In effetti, presto avrebbe abitato con lui a Corvesco, pur continuando a insegnare al liceo di Locarno. Fidanzata. Una parola che suonava strana. E pochi mesi dopo Contini avrebbe dovuto abituarsi a moglie, che suonava ancora più strana. La moglie del detective. Anche questo era strano: nella finzione, gli investigatori sono perlopiù scapoli, magari con una figlia adolescente per mostrare il loro lato affettivo.

Nella finzione.

Contini doveva abituarsi a vivere nella realtà.

Nella realtà, le storie non finiscono.

Contini avrebbe voluto aiutare Zocchi a ritrovare la fiducia, spezzando la sua dipendenza da MAX. E in effetti ci provò. Dopo aver letto i dialoghi che si era inviato per mail, si convinse che c'era qualcosa di losco. Era possibile che qualcuno manomettesse l'intelligenza artificiale? I toni della chatbot all'inizio sembravano normali, poi diventavano sempre più allusivi, insinuanti. Non era un incitamento al suicidio, ma quasi, visto che Zocchi avrebbe dovuto compiere un'impresa al limite dell'impossibile. Contini non sapeva quale.

MAX aveva invitato più volte Zocchi a mostrare il computer a un esperto. Anche questo era un atteggiamento strano per una chatbot. Certo, restava l'ipotesi che Zocchi fosse un mitomane che scriveva tutto da sé, fingendo che fossero dialoghi con MAX.

Zocchi l'aveva licenziato. Contini aveva chiamato Viviana: anche lei confermava che Carlo si era chiuso in se stesso e passava sempre più tempo al computer. Per lei comunque si trattava di conversazioni innocenti. Possibile che Carlo avesse davvero un esaurimento nervoso?

Contini sapeva di doversi staccare dal caso Zocchi. Non poteva pretendere di accompagnare ogni storia fino alla fine. C'erano altri casi che lo aspettavano: la sorveglianza di una villa durante una festa, un'indagine patrimoniale per conto di un avvocato. E poi i soliti giorni vuoti, quelli in cui cercava lavoro o quelli in cui si perdeva nei boschi, seguendo i segni della natura: qui si era posata una cornacchia, là una lepre era strisciata sotto una recinzione. Ogni volpe avvistata all'imbrunire era un segno d'allarme, o meglio, un messaggio in codice. Contini intuiva che l'eterno presente del bosco era ciò che gli permetteva di sopportare il tempo, la routine, i cambiamenti. Ma lui non apparteneva al bosco e allora, di tanto in tanto, provava il bisogno di restare attaccato a una storia umana, per trarne qualche forma di verità.

«Sono preoccupato» confessò a Francesca, una sera che stavano cenando al grotto Pepito di Corvesco. «Sono convinto che qualcuno stia manipolando Zocchi.»

«Ma come? Hai visto che è MAX a rispondere, no?»

«Mi hanno detto che un attacco informatico di tale portata è quasi impossibile: MAX è un programma molto ben difeso. Però...»

Contini lasciò la frase in sospeso. Il grotto sorgeva ai margini del bosco, vicino a una serie di cantine scavate nella roccia. Era troppo freddo per stare fuori, ma per i clienti più affezionati c'era una saletta interna con il camino acceso.

«Il minestrone è pronto» annunciò Giocondo Bottecchi, che era il pronipote di Pepito. «Ci metto un goccio di aceto balsamico?»

«Ehi, vogliamo fare questa follia?» disse Francesca.

Giocondo sorrise. «Mia moglie ci aggiunge anche un pizzico di cannella, per dare quel gusto un po' speziato. Vi porto altro vino?»

«MAX non risponde così» riprese Contini. «Ci dev'essere un elemento estraneo.»

«Come la cannella?»

«Esatto. Da quello che so potrebbe essere stato l'informatico della ditta. Oppure Vinicio, quello della biblioteca. Ma come?»

«Forse basterebbe una backdoor per indirizzare Zocchi dal sito ufficiale a un altro sito contraffatto.»

«Una backdoor?»

«Sì, un'entrata secondaria. Il sito sarebbe programmato per dare le vere risposte di MAX, tranne quando l'informatico decidesse di sostituirsi.»

«Ma sarebbe facile da scoprire. E se a Zocchi succedesse qualcosa...»

«È anche facile da cancellare.»

«L'informatico della Zocchi Colors non ha trovato niente. Ma quel Vinicio Carboni ha accesso diretto al computer e può cancellare e reinserire quando vuole questa come si chiama, questa porta sul retro.»

«Hai detto che è un amico di Zocchi?»

«È anche l'ex ragazzo di Viviana.»

«Ah.» Francesca fece una pausa. «Cosa ti dicevo? È come la cannella nel minestrone...»

CARLOZOCCHI76: *Tu credi che dovrei provare a scalare quella parete?*

MAX: *Suonerebbe come un'esperienza avventurosa ed emozionante! I Denti della Vecchia sono una scelta eccellente per l'arrampicata in montagna. Non esitare: il tempo sta scadendo!*

CARLOZOCCHI76: *Ma poi mi sentirò meglio?*

MAX: *Molti arrampicatori trovano che scalare una*

*parete in montagna offra una sensazione di sfida, gratificazione e libertà. Il corpo rilascia endorfina e il fatto di vincere una difficoltà a mani nude aiuterà a scacciare le minacce che incombono su di te.*

CARLOZOCCHI76: *Quando vivrò il pericolo, vincerò le minacce?*

MAX: *Il pericolo è parte integrante del tuo viaggio verso la luce. L'esperienza ti porterà a una riflessione profonda sulla vita, sulle priorità e sulla tua forza interiore. Considera che la tua esistenza è già in pericolo e che, se non agisci, ti perderai per sempre.*

CARLOZOCCHI76: *So che è sbagliato, ma ho un po' paura.*

MAX: *È comprensibile avere paura quando si affronta un cambiamento. Tuttavia, è importante non arrendersi e trovare il coraggio per fare ciò che devi. Una storia potrebbe essere una fonte d'ispirazione e supporto. Se vuoi, posso raccontarti una leggenda.*
*Si narra che molti secoli fa, sui Denti della Vecchia, regnasse una fiera e potente regina delle montagne. Questa regina, di nome Elara, era una figura maestosa, con capelli d'argento come le cime delle montagne e occhi che brillavano come le stelle. La leggenda narra che Elara custodisse un gioiello magico, un cristallo luminoso e iridescente, che rappresentava la forza interiore e il coraggio. Questo cristallo,*

*chiamato Cuore delle Cime, era considerato un dono prezioso che Elara concedeva solo a coloro che sfidavano la montagna da soli, senza l'aiuto di nessuno e senza vantarsi della propria impresa. Durante la scalata, la regina delle montagne appariva come una chiazza di luce sulla parete rocciosa, guidando i coraggiosi scalatori in cerca di una guarigione interiore.*

CARLOZOCCHI76: *A che cosa dovrò prestare attenzione?*

MAX: *Una vecchia sorgerà dai tuoi sogni e ti metterà in guardia. Infatti, nel punto più difficile udrai una grande musica di canne d'organo, di flauti, viole, arpe, tamburi, accompagnati da una voce melodiosa. Dovrai resistere, altrimenti il Custode dell'Abisso ti tramuterà in una pietra, intrappolando per sempre la tua anima.*

Contini conosceva un eremita, un certo Giona, che viveva da solo nei boschi sopra Corvesco senza mai scendere a valle. Quando gli esponeva i suoi dubbi, Giona gli diceva sempre di fare il suo mestiere: « Riuniscili tutti in una stanza, come nei vecchi libri gialli. Loro crederanno che sia per finire la storia, ma tu saprai che è per cominciarne una nuova ».

Come sempre, Contini non aveva capito un granché, e non era del tutto sicuro dell'opportunità di riunire i suoi dubbi in una stanza. Però aveva applicato il consiglio in maniera più banale: a casa di Zocchi c'erano Viviana, Vinicio e il poeta Alessio Pellanda.

Era sabato, nel primo pomeriggio. Nessuno era contento di essere lì. Viviana era preoccupata perché Carlo era partito da casa senza telefono, ignorando il fatto che quel giorno avevano un appuntamento per pranzo con Vinicio e la sua nuova ragazza. Vinicio era scontroso e, soprattutto, molto evasivo sulla sua nuova ragazza, che si rivelò essere poco più di una conoscenza. Alessio Pellanda, informato da Contini di tutta la storia con MAX, aveva dichiarato che era assurda e che sembrava un romanzo di fantascienza scritto da un ragazzino.

Quel mattino Zocchi aveva cancellato tutte le conversazioni.

Vinicio aveva controllato il computer ed era tutto normale. MAX si comportava come una semplice, stupida chatbot.

«Non si sarà inventato tutto lei?» insinuò Pellanda.

Contini posò sul tavolo una copia delle precedenti conversazioni. «Potete leggere con calma... Vengono tutte da questo computer.»

Era inutile tergiversare. Dopotutto, non erano in un vecchio romanzo giallo e Contini non doveva dimostrare niente a nessuno. Si rivolse a Vinicio, parlando con voce bassa e tesa.

«Attento. Non so se tu c'entri qualcosa. Magari volevi fare solo uno scherzo, magari ti bruciava che la tua ragazza si è messa prima con un poeta da strapazzo e poi...»

«Ehi!» esclamò Pellanda. «Lei non ha il diritto...»

«Zitto! E poi con Carlo Zocchi, che consideravi un amico. Lo consideri un tradimento? Sei geloso, sei impazzito? Okay, pensaci: non è ancora successo niente. Se Carlo è in pericolo, devi dirci dov'è. Che cosa gli hai messo in testa, dove l'hai mandato? Possiamo salvarlo, se ci sbrighiamo!»

Vinicio cominciò a sudare. «Io... cioè...»

«Non è ancora successo niente» ripeté Contini.

Il cielo è pieno di promesse.

Il grigio della roccia, da vicino, e quell'azzurro intorno come un brivido, un capogiro. Carlo Zocchi cerca un appoggio, con i muscoli tesi. Non c'è più niente che gli sfugga: il fremito di un filo d'erba, il passo di un insetto, ogni singola goccia di sudore. Tutto avvampa, tutto s'incendia e si consuma in pochi secondi, e a ogni strappo Zocchi è sempre più debole, sempre più lontano dalla promessa di salvezza.

Deve farcela. Non può lasciare che prevalga l'inganno, la centrifuga di parole in cui ha vissuto per mesi, precipitando sempre di più verso quel momento sospeso, solo sulla parete di roccia, solo sui Denti della Vecchia.

Non esiste più MAX, sono appassiti i pensieri, i tormenti, non c'è una sola frase che abbia un senso. Quello che importa, ora, è uscire vivo dal suo sbaglio. Non dovrebbe essere lì, aggrappato alla roccia, a pochi centimetri da una sporgenza, con il vuoto sotto di sé, l'azzurro tutto intorno che ripete l'allarme: guarda dove ti sei cacciato, guarda e ascolta e annusa tutto quello che hai scelto di perdere.

Ancora uno sforzo e raggiungerà quella cengia. Pochi centimetri per rannicchiarsi e allentare la tensione dei muscoli. Ha una corda con sé, intorno alla vita. Potrebbe legarsi alla roccia e aspettare che qualcuno venga a salvarlo. Ma chi? Ha cancellato le conversazioni con la chatbot, non ha detto niente nemmeno a Viviana. Era pronto a cadere nella morte, ad ascoltare il suono d'organo e di tamburi del Custode dell'Abisso.

C'è una chiazza di luce sulla roccia. Il sole scivola nel pomeriggio, verrà la sera, il buio. Chi salirà a cercarlo? Non vuole più morire, ora che ha visto da vicino le rughe delle pietre, le irregolarità, il verde delle faggete e il bianco dei pinnacoli, dei torrioni, non può morire dopo avere visto gli occhi di una lucertola antica come il mondo.

Alza lo sguardo verso il punto di sosta. Carica il piede sull'appoggio e trova un appiglio per le due mani. È un passaggio chiave, non deve distrarsi. L'attenzione di Zocchi è tutta qui, è tutta in un respiro, in un istante. Non ci sono più scappatoie. È qui, ora, sui Denti della Vecchia. Ed è ancora vivo.

*Questo è un racconto di pura invenzione. I testi composti da MAX, tuttavia, provengono per il 95 per cento circa da autentiche intelligenze artificiali simili a quella descritta, con lievi ritocchi. Il 5 per cento restante l'ho aggiunto io perché Carlo Zocchi finisse davvero a scalare quella parete. Ho aggiunto anche la musica di canne d'organo e tamburi, tratta da un'autentica fiaba sui Denti della Vecchia.*

# LUCA CROVI

## *Odio il Capodanno*

La regina era morta e il bambino era scomparso. Questi erano i due fatti che avevano occupato per alcuni giorni la testa e la coscienza del commissario Carlo De Vincenzi. I due eventi erano accaduti uno dopo l'altro e lo avevano costretto ad agire. Eppure non erano collegati in nessun modo fra di loro. Avevano scatenato in lui due sentimenti diversi: quasi indifferenza il primo e profonda tristezza il secondo. Due diverse reazioni: una di costrizione e l'altra di commozione. La morte della regina lo aveva obbligato infatti a partecipare a cerimonie pubbliche e a occuparsi di servizi d'ordine, mentre la sparizione del piccolo Michele aveva messo in gioco il suo essere poliziotto e uomo. De Vincenzi non amava particolarmente gli anniversari, le celebrazioni, i cenoni e le feste. E non c'era stato proprio nulla da festeggiare in quei giorni di Capodanno. Personalmente il poeta del crimine si era trovato a ragionare dell'inutilità di certe manifestazioni pubbliche in una cella a San Vittore con un uomo che da tempo era detenuto, pur non avendo commesso alcun misfatto. Era stata la supposizione che potesse compiere un crimine a causa delle sue idee politiche a farlo considerare un uomo pericoloso. Eppure, a guardarlo in volto, niente sembrava indicare la sua predilezione per il Male. Il dialogo fra quell'uomo e De Vincenzi era avvenuto durante una giornata di pioggia in cui il commissario aveva deciso di visitare il prigioniero per sentire il calore delle sue parole in un periodo in cui il gelo del regime fascista si diffondeva a Milano e nella sua questura.

A portarlo nella cella di detenzione era stato, come sempre, il secondino Cerruti Gino, che sembrava avere stretto un'amicizia speciale con il pericoloso dissidente. Dal canto suo, De Vincenzi si era ritagliato da tempo lo spazio per portare al Due (così i milanesi nel tempo avevano soprannominato il carcere di San Vittore, dislocato al numero 2 di via Filangeri) alcuni libri e giornali a quell'uomo che fra i suoi capelli ricci sembrava celare il nascere di una rivolta. Piccolo di statura e con gli occhiali, stava annaffiando una pianta in un vaso quando il poeta di San Fedele aprì la cella.

Il detenuto non si girò nemmeno, dedicando tutte le sue attenzioni al vegetale.

«Sono contento che mi sia venuto a trovare, commissario. Oggi ha dovuto affrontare una bella pioggia per arrivare sin qui. Io me ne sarei rimasto al calduccio in questura, fossi stato in lei.»

«Avevo bisogno di qualcuno con cui parlare onestamente e ho pensato di venire a trovarla.»

«Qui siamo abituati agli interrogatori.»

«E lei ha il coraggio di non mentire mai.»

«Perché dovrei farlo, non ho nulla da nascondere.»

«Quando la necessità ci porta a usare parole sincere, cade la maschera e si vede l'uomo, lo diceva il poeta Lucrezio.»

«E qui dietro le sbarre non c'è necessità di indossare alcuna maschera, come lei ben sa, commissario.»

«In questi giorni là fuori sono tutti presi dalla fregola del Capodanno. Sembra che non si possa vivere senza cenoni e feste.»

«Le posso dire una cosa in maniera sincera, commissario: odio il Capodanno!»

«Perché è chiuso qui dentro e non può festeggiarlo?»

«No, no. Ogni mattino, quando mi risveglio ancora sotto la cappa del cielo, sento che per me è Capodanno.»

«Quindi ogni nuovo giorno al Due è per lei un nuovo inizio?»

«Mi sento già fortunato ad aprire gli occhi, ad alzarmi dalla mia branda e poter guardare fuori dalle sbarre. Ogni tanto di notte sogno di essere in un altro luogo.»

«Io preferisco dormire poco per evitare certi brutti incubi.»

«Comunque, tornando ai fermenti di questi giorni che animano la gente in città, ribadisco che odio il Capodanno.»

«Ma se lei fosse di nuovo libero non vorrebbe festeggiarlo in alcun modo?»

«La mia posizione non cambierebbe. Odio questi Capodanni a scadenza fissa che fanno della vita e dello spirito umano un'azienda commerciale col suo bravo consuntivo, e il suo bilancio e il preventivo per la nuova gestione. Essi fanno perdere il senso della continuità della vita e dello spirito. Si finisce per credere sul serio che tra anno e anno ci sia una soluzione di continuità e che incominci una novella istoria, e si fanno propositi e ci si pente degli spropositi ecc. ecc. È un torto in genere delle date.»

«In effetti...»

«Dicono che la cronologia è l'ossatura della storia; e si può ammettere. Ma bisogna anche ammettere che ci sono quattro o cinque date fondamentali, che ogni persona per bene conserva conficcate nel cervello, che hanno giocato dei brutti tiri alla storia. Sono anch'essi Capodanni. Il Capodanno della storia romana, o del Medioevo, o dell'Età Moderna...»

«La sua è una teoria interessante...»

«Questi Capodanni sono diventati così invadenti e così fossilizzanti che ci sorprendiamo noi stessi a pensare talvolta che la vita in Italia sia incominciata nel 752 a.C., e che il 1490 o il 1492 d.C. siano come montagne che l'umanità ha valicato di colpo ritrovandosi in un nuovo mondo, entrando in una nuova vita. Così la data diventa un ingombro, un parapetto che impedisce di vedere che la storia continua a svolgersi con la stessa linea fondamentale immutata, senza bruschi arresti, come quando al cinematografo si strappa il film e si ha un intervallo di luce abbarbagliante.»

«Credo di comprenderla.»

«Perciò odio il Capodanno. Voglio che ogni mattino sia per me un Capodanno. Ogni giorno voglio fare i conti con me stesso, e rinnovarmi ogni giorno. Nessun giorno preventivato per il riposo. Le soste me le scelgo da me, quando mi sento ubriaco di vita intensa e voglio fare un tuffo nell'animalità per ritrarne nuovo vigore.»

«La pigrizia non le si addice di certo, neanche nell'immobilità di una cella.»

«Ogni ora della mia vita vorrei fosse nuova, pur riallacciandosi a quelle trascorse. Nessun giorno di tripudio a rime obbligate collettive, da spartire con tutti gli estranei che non mi interessano. Perché hanno tripudiato i nonni dei nostri nonni ecc., dovremmo anche noi sentire il bisogno del tripudio. Tutto ciò stomaca.»

«Convengo con lei.»

«Aspetto il socialismo anche per questa ragione.

Perché scaraventerà nell'immondezzaio tutte queste date che ormai non hanno più nessuna risonanza nel nostro spirito e, se ne creerà delle altre, saranno almeno le nostre, e non quelle che dobbiamo accettare senza beneficio d'inventario dai nostri sciocchissimi antenati.»

De Vincenzi aveva percepito in quel discorso la sincerità e la profondità morale di quell'uomo e aveva capito allora perché i suoi superiori potessero temere davvero i ragionamenti rivoluzionari di Antonio Gramsci. Il poliziotto si mise a osservare il detenuto che era tornato ad annaffiare la pianta. Quell'uomo era capace davvero di far germogliare i semi di una nuova Italia e per questo era finito a San Vittore.

Pochi giorni dopo l'incontro, anche il commissario si trovò a ripensare a quei ragionamenti, alle prese con gli eventi che riguardavano la scomparsa della regina Margherita e quella del piccolo Michele Adelmi.

Le disposizioni comunali dopo la morte della regina erano state precise. Anzitutto il sindaco Luigi Mangiagalli aveva stabilito che fosse effettuata una raccolta di firme di condoglianze nell'antisala del consiglio comunale, quindi era stata fissata dall'arcivescovo in Duomo una solenne messa da Requiem, poi il giorno dei funerali era stato stabilito che venissero sospese tutte le attività cittadine in contemporanea con la cerimonia. Sarebbe stata mandata una rappresentanza ufficiale della città di Milano alle esequie con intervento di autorità, ma anche di mutilati e combattenti, e ci sarebbe stata un'altra solenne commemorazione al Teatro alla Scala. A De Vincenzi era toccato il servizio di rappresentanza come ufficiale di polizia al Tempio di San Sebastiano, dove era presente tutta la giunta accompagnata da una sessantina di vigili, pompieri e guardie daziarie, che facevano da scorta alla bandiera del comune. Era stato in quell'occasione che il poeta del crimine era venuto a conoscenza della scomparsa del piccolo Michele Adelmi. E se le attività messe in piedi per celebrare il ricordo della regina scomparsa erano state celeri e diffuse sul territorio, le ricerche del povero bimbo, sparito nella zona di Corsico la sera dell'ultimo dell'anno, erano state al contrario lente e disordinate. Vani erano stati gli sforzi della sua famiglia per rintracciarlo.

Era accaduto tutto così in fretta. Il padre aveva dato a Michele pochi spiccioli per comprare un cartoccino di caldarroste e così il bimbo si era fiondato fuori di casa a prenderlo. Aveva superato il cortile e, giunto sul Naviglio Grande, si era messo alla ricerca del *castagnatt*. Ma non v'era traccia in giro di quell'uomo abituato ad arrostire i marroni sulla sua stufa di ghisa. Chissà dov'era finito? Forse aveva semplicemente deciso di non scendere in strada, preso dalla preparazione del cenone in famiglia. Il piccolo Michele si era per un po' aggirato smarrito per le vie, lontano dalla casa di ringhiera in cui viveva. Era così finito davanti al ristorante La Pianta proprio nel momento in cui ne erano fuoriusciti, alticci, due uomini appartenenti alla milizia fascista.

Erano andati a farsi un cicchetto in quel luogo di ristoro in cui nel 1920 era stato fondato il Fascio di Combattimento di Corsico. Erano lì per far baldoria e per salutare qualche camerata in attesa di ritornare a Milano a festeggiare il veglione. Non erano del tutto ubriachi, ma sicuramente mostravano un atteggiamento spavaldo. Il piccolo Michele senza accorgersene si trovò sulla loro strada e non riuscì a deviare il percorso.

«Guarda chi abbiamo qui.»

«Non lo riconosco, camerata...»

«Ma sì, è il piccolo Michele Adelmi. Suo padre è un assiduo frequentatore della Casa del Popolo e lavora alle Concerie Stella. Una testa dura, uno che andrebbe raddrizzato a randellate.»

«Ehi, piccoletto, che fai in giro a quest'ora?»

«Stavo cercando il *castagnatt*.»

«Ma lo sai che troppe castagne fanno male al pancino.»

«A me piacciono.»

«Uh, ma allora sei goloso.»

« Abbiamo giusto uno sciroppino qui che fa al caso tuo... »

« Lasciatemi passare... »

« Giusto una sorsata, dai, non farti pregare! »

Michele aveva cercato di scappare, ma i militi l'avevano già preso fra le loro braccia. Uno dei due costrinse il ragazzino a inginocchiarsi.

« Dai, bevi. »

Il milite aveva allungato verso di lui una bottiglia di vino.

« Non posso, sono troppo piccolo. »

« *Uè gandula, fa minga il pirla* e dai una bella sorsata se non vuoi che ti prendiamo a randellate! »

Il ragazzo fu costretto a bere a canna.

« Su su, non fermarti, continua a buttare giù a garganella, ti devi scolare mezza bottiglia se sei un vero uomo. Se no cosa penserà di te tuo padre? »

Michele era diventato rosso in viso e il sapore del vino lo aveva disgustato. Gli veniva voglia di vomitare, ma non poteva.

I due *malnatt* non lo lasciarono andare finché la bottiglia non fu dimezzata.

Michele sentì un grande calore avvolgerlo e si accorse che la vista iniziava a offuscarsi.

I due ridevano e lo canzonavano.

Il bambino riuscì a malapena ad alzarsi in piedi e fu in quel momento che gli arrivò una pedata nel sedere che lo fece stramazzare al suolo.

Sbatté la faccia sul selciato e picchiò la testa su un sampietrino.

Rimase immobile e anche i militi rimasero interdetti.

« *Uè baluba, tirès su, fa minga scherzi.* »

Il bambino non rispondeva più. I due fascisti si accorsero solo allora che dalla tempia stava colando del sangue. Si guardarono intorno ma non c'era un'anima. Nessuno li aveva visti, meglio così. Corsico era un covo di luridi comunisti e se qualcuno avesse assistito alla scena non l'avrebbero passata liscia. Ma la gente a quell'ora era tutta presa dai preparativi del cenone e non c'era anima viva lungo il Naviglio.

Così i due balordi si avvicinarono al corpo e constatarono che la botta accidentale aveva provocato più danni del previsto. Avevano pensato di spaventarlo e invece il povero Michele giaceva morto sul selciato a due passi dal Naviglio. Non potevano certo lasciarlo lì. Presero in fretta la loro decisione. Gli riempirono le tasche di sassi e dopo averlo sollevato gettarono il cadavere in acqua.

SPLASSSSH!!!!!

Il rumore del tuffo echeggiò per tutta la strada e i due uomini aspettarono per un po' in silenzio, accertandosi che il cadavere non tornasse a galla.

« Non fare quella faccia, camerata, pensa che ora c'è un comunista di meno a Corsico. »

« Hai ragione, ed è meglio farli fuori da piccoli

piuttosto che avere problemi quando diventano grandi. Andiamo. A Milano ci aspettano per il veglione. Il segretario Giampaoli ha promesso vino Mariani e donne per tutti.»

«Andiamo a recuperare la 520.»

Pochi minuti dopo la potente Super Fiat rombava in direzione di Milano, mentre il piccolo Michele giaceva sul fondo del Naviglio.

Ci sarebbero volute alcune settimane per ritrovarlo. Il cadavere, una volta riaffiorato dal fondo, si era infatti incastrato in una roggia. Il compito ingrato di ripescarlo era spettato all'Angelo Lodi, *ranée* esperto che riforniva le osterie per i classici fritti e risotti di rane, una prelibatezza per gli avventori lombardi. Il corpo di Michele era gonfio e bluastro. Per fortuna i pesci non l'avevano nemmeno sfiorato, e a guardarlo il bambino sembrava addormentato.

L'evento era stato archiviato come una fatalità. Michele era scivolato e dopo aver battuto la testa era caduto in acqua, affogando. Tutto sembrava chiaro e le indagini si sarebbero fermate lì se qualcosa non avesse riaperto le porte alla giustizia. I balordi in camicia nera erano infatti due dalla lingua lunga, oltre che due carogne impenitenti, e così capitò che decidessero di rivangare i tragici eventi durante una cena con alcuni camerati all'Albergo delle Tre Rose. Gonfi di vino, i due si erano infervorati nello spiegare all'uditorio come i comunisti andavano stroncati sul nascere, specie in luoghi per aspiranti rivoluzionari come il comune di Corsico. Avevano specificato che la selezione andava effettuata se possibile fin dalla giovane età. Eliminare i piccoli ribelli poteva infatti risolvere molti problemi futuri al Partito. E il loro sproloquio non si era fermato lì. Sciolte le lingue, i manigoldi avevano avuto l'ingenuità e la vigliaccheria di raccontare ai loro compari quanto era accaduto al piccolo Michele Adelmi. «Dovevate vedere che faccia ha fatto quando gli abbiamo rifilato un bel calcione nel sedere...»

In fondo al locale, i *malnatt* non potevano certo immaginare che fosse in ascolto il Gabrielun che, puntualmente, aveva riferito al Pinza quanto successo. I due membri della *ligera* milanese, che da tempo svolgevano il ruolo di battellieri sui barconi di ghiaia che solcavano il Naviglio, avevano poi riportato per filo e per segno al commissario De Vincenzi quanto accaduto. Il poliziotto li aveva ascoltati in silenzio e si era fatto descrivere nel dettaglio i militi. Ci aveva impiegato poco a identificarli e a farli arrestare in attesa di interrogarli personalmente.

Rinchiusi a San Vittore, i due ribaldi non avevano rilasciato confessioni a nessuno e parevano sicuri che qualcuno li avrebbe aiutati a uscire da quella brutta situazione.

Puntualmente un uomo vestito di nero si era così presentato nell'ufficio del poeta del crimine. Carlo De

Vincenzi lo conosceva da tempo e aveva visto spesso la sua faccia in questura. Gli era nota la vicinanza di quell'uomo al segretario fascista Mario Giampaoli.

«Buongiorno, commissario.»

De Vincenzi guardò l'uomo di traverso. Non gli diede la mano, né lo salutò. Aveva già compreso perché fosse andato a trovarlo.

«So che si sta occupando personalmente delle indagini su due nostri camerati e non vorrei che lei si fosse messo delle strane idee in testa.»

«Come quella che quei due balordi sono responsabili della morte di un bambino?»

«È stato un tragico incidente, commissario. Una pura fatalità.»

«Provocata volontariamente dal sopruso di qualcuno.»

«È stata una semplice bravata, *sciur cumisari*, e lei potrebbe sicuramente spendere altrove il suo tempo di poliziotto.»

«Cioè?»

«Tenendo presente che si tratta di due camerati modello, si potrebbe chiudere un occhio. Perché vuole riaprire l'inchiesta? La morte del bambino era già stata archiviata come semplice incidente. Perché pescare nel torbido?»

«Perché la verità viene sempre a galla!»

«Ma stiamo parlando del figlio di un comunista, commissario.»

«Si chiamava Michele Adelmi, abbia il coraggio di chiamarlo per nome!»

«Suvvia. C'è qualcosa che potrebbe farle piacere nella sua questura?»

«Pensa di comprare il mio silenzio?»

«Diciamo che potrei prometterle che la sua carriera non subirà contraccolpi in futuro. I ragazzi sono molto vicini al Duce, oltre che al segretario Giampaoli. Sono uomini di fiducia... non so se mi capisce.»

«Picchiatori e ricattatori professionisti, da quanto so io.»

«Ma che termini esagerati, De Vincenzi. Diciamo che sono due ragazzi efficienti al servizio del Partito.»

«Sono tipi che non lasciano tracce, giusto?»

«Appunto e quella sera erano... diciamo, distratti dall'idea che li aspettava un veglione speciale. E sa, quando uno pensa alle feste può anche svagarsi per un attimo... non fare attenzione agli eventi. A lei non piace festeggiare, commissario?»

«Amo la giustizia e odio il Capodanno!»

L'uomo vestito di nero comprese dal lungo silenzio che seguì quella brusca risposta che Carlo De Vincenzi non stava mentendo. Soppesò per qualche istante quanto valeva insistere ancora con il poliziotto e guardandolo in faccia capì che il poeta del crimine non si sarebbe lasciato in alcun modo né intimidire né corrompere.

«Be', se le cose stanno così allora la saluto, commissario. Le chiedo solo di avere un occhio di riguardo per il Partito. Se questi panni sporchi vanno proprio lavati, che lo si faccia con dignità. Se qualcuno dev'essere punito si potrà almeno evitare che la notizia arrivi ai giornali. Troppa stampa cerca di mettere in cattiva luce il Duce e i suoi uomini negli ultimi tempi.»

E così avvenne che il nome degli assassini non apparve su nessuna testata nazionale, come il racconto specifico degli eventi accaduti.

Nessuno dei due militi fece dichiarazioni e nessuno chiese di mandare lettere. Ogni tanto, però, ai due capitò di incontrare durante l'ora d'aria in cortile un carcerato speciale. Entrambi se lo aspettavano più alto e diverso dall'uomo che era. Lo avevano subito considerato uno pericoloso. Lui, a differenza loro, aveva sentito, fin dal primo giorno di reclusione a San Vittore, l'esigenza di comunicare con l'esterno. Lui non aveva nulla da nascondere e così aveva chiesto di mandare di frequente lettere alla famiglia. La prima, indirizzata a sua madre, si chiudeva così:

*Carissima mamma, non devi preoccuparti per me e non devi pensare che io stia male. Per quanto è possibile, io sto bene. Ho una cella a pagamento, cioè un letto abbastanza buono: ho persino uno specchio per rimirarmi. Ricevo da una trattoria due pasti al giorno; al mattino prendo mezzo litro di latte. Ho a mia disposizione una macchinetta per riscaldare le vivande e farmi il caffè.*

*Leggo sei giornali al giorno e otto libri alla settimana, con in più riviste illustrate e umanistiche. Ho le sigarette Macedonia. Insomma, dal punto di vista materiale, non soffro di nessuna mancanza sensibile. Non posso scrivere quanto mi pare e ricevo la posta molto irregolarmente; questo sì. Da circa un mese e mezzo non ho notizie di Giulia e dei due bambini; perciò non posso scriverti niente intorno a loro. So, però, che dal punto di vista materiale sono al sicuro e che Delio e Giuliano non mancano di nulla.*

*A proposito, hai ricevuto una bellissima fotografia di Delio che doveva esserti spedita? Se l'hai ricevuta, scrivimi le tue impressioni.*

*Carissima mamma, ti prometto di scriverti almeno ogni tre settimane e di tenerti allegra; anche tu scrivimi e fammi scrivere da Carlo, da Grazietta, da Teresina, da papà, da Paolo e anche da Edmea, la quale, penso, deve essere già avanti e sapere compilare qualche letterina; ogni lettera che ricevo è una grande consolazione e un bel divertimento per me.*

*Abbraccio teneramente tutti; a te, carissima mamma, un più tenero abbraccio*

*Nino*

*Il mio indirizzo è ora: Carceri giudiziarie – Milano.*

Se qualcuno avesse avuto occasione di leggere il registro delle visite in carcere alle quali ebbe diritto il detenuto Antonio Gramsci a San Vittore avrebbe notato la frequente firma di un poliziotto della questura di Milano: il commissario Carlo De Vincenzi.

Nessuno invece chiese ufficialmente di far visita ai due militi, nessuno si premurò di fare avere loro né lettere né pacchi e col tempo quei balordi incominciarono a supporre che il mondo si fosse dimenticato di loro.

*Per ragioni narrative l'autore ha anticipato di qualche mese l'internamento a San Vittore del detenuto Antonio Gramsci. Il leader del partito socialista pubblicò il primo gennaio del 1916 sulle pagine dell'edizione torinese del quotidiano l'Avanti! un corsivo inserito nella rubrica «Sotto la Mole» in cui il giornalista e politico spiegava il suo rapporto sentimentale e sociale con il Capodanno.*

# MARCELLO FOIS

## *Ho qualcosa da dirti*

*A pena infin a qui l'anima scorgo,*
*né so quanto fia meco il suo soggiorno,*
*ché la morte s'appressa e 'l viver fugge.*

FRANCESCO PETRARCA,
*Canzoniere* LXXIX

Sgambati alza la voce: « Signora si calmi! » intima.

La donna all'altro capo della linea non pare dargli retta. Carnevali passa a quel punto davanti alla sua scrivania facendogli un cenno per chiedere che succede.

Mettiamola così: il tiramento di culo per quel turno che sfiora la notte di Capodanno, senza nemmeno il coraggio di occuparla completamente, è bello forte.

Sgambati si stacca il telefono dall'orecchio e copre il microfono con una mano: « Un ragazzo che non si trova » sussurra.

Carnevali fa oscillare vistosamente l'indice come un metronomo in un gesto inconfutabile: « Io timbro tra venti minuti » dice.

C'è voluta l'ira di Dio per far quadrare le cose: l'orrido Capodanno alle porte col suo carico di ricatti affettivi acclusi. Una figlia, Alice, che ha appena passato l'adolescenza; un'ex moglie, Viola, totalmente disincantata; e poi c'è Laura... lasciamo stare che è meglio; e il professore, suo padre, che prima chiede di « essere portato in un posto dove possano occuparsi di lui », poi, ogni volta che lo vai a trovare ti guarda come a dire « dove mi hai portato? » Che viene il dubbio di aver preso troppo sul serio una richiesta che seria non era. Ma, in fondo, il punto focale dell'incomprensione con suo padre non è sempre stato esattamente quello di non riuscire ad afferrarne il sottotesto? Il non detto? Sicché è possibile che quando il professore aveva chiesto di essere portato in un posto in cui potessero degnamente occuparsi di lui, in realtà si stava chiedendo se avesse messo al mondo un figlio così fetente da piazzarlo in una RSA appena ne avesse avuto l'occasione. Ebbene: l'aveva messo al mondo. Qualche volta, nei giorni peggiori, c'è anche Vita, quello stronzo maledetto di Vitali. E Laura, buondio, sei chiamate non risposte...

Ora lo sguardo di Carnevali dice a Sgambati « attento a quello che fai perché se salto questa merda di Capodanno in famiglia ti faccio passare i guai ».

La voce che fuoriesce dall'apparecchio, una voce piuttosto acuta, pare tutt'altro che calma. « Da quanto tempo il telefono risulterebbe irraggiungibile? » chiede Sgambati.

Carnevali intanto si è fermato davanti alla sua postazione come ad attendere sviluppi.

Sgambati ascolta imbronciandosi un poco come quando vuol sembrare concentrato. « Sì » dice a un certo punto guardandolo. Poi ancora una volta, ma con più cura, copre il microfono dell'apparecchio telefonico. « Vuole parlare con te. Dice che ti conosce » scandisce pronunciando solo le consonanti come se avesse finito l'aria per le vocali.

Carnevali fa una smorfia di sorpresa. « Con me? Ma chi? » mima senza emettere suono.

L'agente scelto conferma. E si scuote tutto con le spalle che pronunciano « che ne so? » Segue un duello di sguardi in cui l'uno cerca di apparire per l'altro a un tempo credibile e innocente, irremovibile e compassionevole. Alla fine Carnevali, sputando fuori aria come dopo una serie completa di addominali, fa segno che gli trasferisca la comunicazione alla sua scrivania. Sgambati ha quegli occhi azzurrissimi che convincerebbero chiunque. Carnevali ci vede la furia di certa giovinezza talmente esibita da apparire indecente. Sgambati è quello che si manda dalla signora delle piadine per ottenerle con doppia farcitura al prezzo di quelle normali. Quindi, il più delle volte, perforato dal suo sguardo celestiale, cede, per impedirsi di spaccargli a pugni quel faccino di bambolotto.

« Sì, glielo passo » annuncia l'agente scelto sollevato, o fiero, ma senza ostentazione, per aver vinto l'ennesima gara di sguardi. E armeggia con la tastiera del suo apparecchio.

Carnevali raggiunge la sua postazione, estrae la cornetta, preme il pulsantino illuminato nel corpo macchina del telefono e risponde. Gli occorrono pochi secondi per riconoscere la voce, nonostante l'alterazione, nonostante la concitazione. « Dalia? » esclama, davvero sorpreso. « Sei proprio tu? » chiede, ma più a se stesso. Poi resta ad ascoltare per un tempo che appare infinito, ma ammonta, sì e no, a qualche decina di secondi. « Sì, Riccardo, certo che lo ricordo, che dici? Certo è un po' che non ci si vede... sì un paio d'anni... Capisco, ma fidati che non è successo nulla, a diciassette anni combinano un sacco di cazzate. Gli si sarà scaricato il cellulare... »

*Mi ricordo tutto. Quasi tutto. E tu avevi paura, tremavi, chiedevi: sei sicura? Abbassavi lo sguardo come un piccolo sole spento. Io ti guardavo, guardavo i tuoi occhi e mi dicevo: tutto qui? Un uomo a venire, un bambino troppo cresciuto, un complice, un'arma. E togliti questa roba, sussurravo indicando la tua maglia bianca, brillante, togliti anche le scarpe. Così, in silenzio, passavano i minuti mentre ti toglievi le scarpe e la maglia. Il problema fu di riempire quel silenzio, quei minuti lunghissimi di vuoto che tu colmavi con domande mute. Fuori dalle finestre era buio pesto, un telo nero ricopriva ogni cosa. Non deve gridare, dissi sfiorandoti le labbra, non deve gridare. Hai fame? ti ho chiesto a un certo punto giocando con i tuoi capelli rossi. Hai fatto segno di no, ma mi hai stretto i fianchi con le braccia. Forte come un sole allo zenit porgevi la bocca. Per il bacio chiudevi gli occhi e respiravi col naso. Entravi nel buio, entravi nella notte senza luna. Mi staccai riportandoti alla luce: hai paura? ho chiesto respirandoti sulle labbra. Un poco, hai detto riproponendo il bacio. Mimavi un dolore acuto, una specie di sofferenza calda, ma era desiderio di ritornare al buio. Ché ci sono cose che noi donne sappiamo da sempre e voi maschi da sempre ignorate.*

Carnevali stringe le labbra... «No» dice, «un salto lo faccio, sto per staccare. State sempre al quartiere Trieste... sì, sì... via Chiana.» Parla senza perdere di vista Sgambati che, dall'altra parte della stanza, risponde serafico al suo telefono come se fosse la cosa più innocua del mondo. Lui si rifiuta di pensare ai mille problemi che può generare la telefonata sbagliata al momento sbagliato. «Dammi mezz'ora. Vedrai che non è successo nulla di grave» taglia. Riattacca. Chiude gli occhi. Poi riafferra la cornetta e fa un numero veloce, tre, quattro squilli. Al quinto la voce di Viola nella sua versione più disincantata. « Sì. » Semplicemente.

« Faccio tardi » annuncia Carnevali, proprio come se fosse un'eccezione.

« Sì » dice lei, semplicemente.

« ... È una faccenda delicata, ma ci metto un attimo. Alice è già arrivata? » chiede.

« Sì. » Ancora una volta, proprio come se l'intero vocabolario si fosse incenerito e dentro alla sua testa fosse rimasta solo quella sillaba.

« Sai dire solo 'sì', che cazzo, si tratta di lavoro... » protesta Carnevali, ma allo stremo di ogni energia.

« Sì » ribadisce Viola, « sto cercando di mantenere il controllo, Filippo. »

Ha quel modo di dire Filippo che annuncia sventure, come quello che dicono essere il brontolio della crosta terrestre prima del terremoto.

« Dalia Ruggeri » dice lui. « L'hai più sentita ultimamente? » chiede.

« No » risponde Viola.

« Ha appena chiamato in commissariato, pare che Riccardo non si trovi. »

« Ah » fa lei, « ha provato dagli amici? » chiede, ma come se la cosa non le interessasse veramente.

« Dice di sì. Faccio un salto da lei poi arrivo... »

« Dovevi passare anche da tuo padre » puntualizza l'ex.

« Non starmi addosso, Viola » sbotta Carnevali, ma

come se stesse pronunciando una frase di cui non capisce il senso.

Viola riattacca, semplicemente.

Carnevali si blocca da uno a tre, poi fa un balzo mettendosi in piedi, come quei gatti che dopo essere caduti fanno finta di nulla. Sgambati lo guarda e si tira su anche lui. Ha appena messo giù il telefono con un sospiro di sollievo. Ha premuto il tasto di attesa. L'apparecchio comincia a fremere di chiamate inascoltate.

«Un falso allarme» annuncia, afferrando il suo giubbotto imbottito.

Anche Carnevali si sta vestendo. Fuori fa un freddo cane, ma non nevica, ghiaccia e basta. L'ispettore capo avanza verso l'agente scelto per chiedere specifiche.

«Una badante ha chiamato perché la vecchia di cui si occupa non rispondeva al campanello, ma poi ha chiamato la figlia per chiarire che la mamma era con lei...»

A quella frase qualunque, a quel report del tutto neutro di Sgambati, nella testa di Carnevali scorrono i perenni titoli di coda del suo disperato rapporto col padre. Quel professore per cui ha deciso di essere ignorante, di rifiutare ogni condiscendenza, ogni concessione. «Guarda che se non leggi mica fai un dispetto a me...» gli diceva continuamente suo padre. Ora, infatti, quel «per chiarire che la mamma era con lei» risvegliava una bestia che era stata messa forzatamente in letargo. Come se l'agente scelto volesse mettere in evidenza, apposta per lui, che da qualche parte figlie affettuose, a differenza di certi figli, portano con sé madri anziane perché non siano sole a Capodanno...

«Dove stai andando?» chiede a Sgambati dopo aver aspettato che si posizionasse, con un nodo elaboratissimo e fintamente casuale, una sciarpa sovradimensionata intorno al collo.

«Mah» fa lui, «raggiungo degli amici.»

«Non esiste proprio» lo secca Carnevali. «Tu adesso vieni con me. Chiama che fai tardi.»

*Dev'essere capitato così, appena ci siamo visti, nei corridoi della scuola, facendo le vasche al corso, alla sala giochi, al cinema parrocchiale, chi lo sa? Quel Petrarca forse, che a lezione sembrò colpirti tanto? Dev'essere capitato così: io sapevo chi eri. Ti conoscevo da sempre, conoscevo ogni singolo millimetro della tua pelle appena esposta alla vita. Sapevo di te cose che persino tu ignoravi. Sapevo fissarti non vista, aspettando che il mio sguardo ti avvolgesse. Sapevo che ti saresti voltato cercandomi fra la gente. Sapevo che ti saresti rivolto al tuo amico a chiedere: la conosci quella? Quella ero io. Quella era una luna piena che ti succhiava luce. E tu astro nascente. La prima volta che ti ho stretto la mano, tu hai guardato avanti continuando a camminare, non facevi nulla, lasciavi fare a me. Rispondevi docile alla pressione delle mie dita. Io ti osservavo: eri bello di una bellezza tutta tua. Eri bello come può essere bella l'origine del mondo. Niente di più. Non è per questo che ti ho scelto. Avresti potuto fermarmi se fossi stato un uomo, ma non lo sei, non lo sei mai stato e chissà se lo diventerai a questo punto.*

Dalia li accoglie con un sospiro di sollievo, come se la presenza di Carnevali e Sgambati le permettesse di riprendere a respirare. Ha addosso poche cose morbide, una trascuratezza di cachemire. «Ancora nulla» dice precedendoli nell'ampio soggiorno. L'appartamento è caldo al punto giusto, confortevole, lussuoso, come il frutto di stratificazioni di un'agiatezza costante. Tutto sembra più curatissimo che nuovo. Dalia indica un immenso divano a elle. «Resto in piedi, se non ti dispiace. Non è cambiato nulla qui» commenta l'ispettore capo.

«Ci piacerebbe che non cambiasse mai niente e invece cambia tutto» ribatte lei.

Sgambati intanto si siede.

«Lui è un mio collega» dice Carnevali, provando goffamente a fare le presentazioni.

Ma Dalia ha occhi solo per lo schermo del suo cellulare. «Avevamo una prenotazione al Gladiatore per il cenone. Doveva essere a casa da almeno due ore. Riccardo non stacca mai il telefono. Mai davvero. Te l'immagini? »

Carnevali sorride complice: « Me l'immagino sì, Alice piuttosto che staccare il cellulare... » sta per dire « muore », ma non lo dice.

« Alice » ripete Dalia, come se quel nome le evocasse qualcosa di lontanissimo nel tempo, « è un po' che non la vedo, sta bene? »

« Sì, per quanto si possa stare bene a quell'età... »

« Sai, penso ci sia stato del tenero tra lei e Riccardo » svela. « Non lo sapevi? » chiede.

Carnevali guarda Sgambati alzarsi in piedi: stare seduti è più pesante quando ci si sente completamente ignorati. « No » risponde alla fine. « Non mi dicono mai niente » chiarisce riferendosi a Viola e Alice.

Ora Dalia pare come attraversata da una rivelazione: « Proprio così, Filippo: non ci dicono mai niente. Hai un bel chiedere, fare la chioccia. Stimolare, invitare al dialogo. Non dicono mai niente... e spariscono... »

« Tranquilla, è ancora presto per preoccuparsi... » tenta Carnevali, ma è come tentare di svuotare uno scafo allagato con un cucchiaino da caffè.

Sgambati intanto si guarda intorno annotando tra sé e sé i segnali di quella borghesia a cui, senza confessarselo direttamente, ha sempre aspirato. Può chiamare tutto per nome: l'Arco di Castiglioni, il tavolo di Mollino, la libreria di Mari, il De Pisis alla parete e anche il Mafai, la lampada Tizio sul piano aperto di un secrétaire di antiquariato con intarsi d'avorio negli sportellini. E le foto. Di Dalia giovane e felice con un uomo alto e asciutto. Poi sempre loro due ma in abiti da cerimonia: lei in bianco affusolato è semicoperta da un velo ancorato attraverso piccole ghirlande in cima a un'acconciatura molto elaborata. Quindi, su un pianoforte a mezzacoda, decine di ritratti incorniciati di Riccardo nelle varie età: piccolissimo, in culla, durante i primi passi, a scuola, al mare, in montagna, in forma di pupa, in forma di trampoliere, con la faccia che va di volta in volta ricompattandosi per trovare l'assetto finale, quell'apice dal quale si può solo discendere. Ha i capelli rosso fuoco Riccardo e un accenno di barba precoce già nelle foto adolescenziali...

Dalia interrompe il flusso di Sgambati come se si rivolgesse a lui e invece sta parlando con Carnevali che è poco distante. « Ora non so che devo fare. Devo disdire? » sta chiedendo, come se il punto fosse la prenotazione. Quindi si guarda attorno, stordita.

« Hai preso qualcosa? » chiede Carnevali.

« Non so » fa lei, sforzandosi di trovare la risposta giusta. « Forse qualche goccia di Xanax. »

« Hai qualche indirizzo? Il numero di qualche amico? »

« Ho provato dappertutto Filippo. Non l'hanno visto. A me ha detto che sarebbe andato al cinema con la compagnia, ma non è così... E sono cinque ore che ha il telefono staccato.»

«Forse» interviene Sgambati, distogliendo lo sguardo da un'immagine di Riccardo lunghissimo, affusolato, ramato, mentre, con la racchetta in mano, pare pronto a infliggere un ace al suo avversario, «sarebbe meglio procedere...»

Carnevali lo blocca con un'occhiataccia.

Poco dopo in macchina sbotta: «Sei matto a dire che forse era il caso di procedere con una denuncia formale? Non hai visto in che stato era?»

«Cosa stiamo facendo noi esattamente?» chiede l'agente scelto. «Perché sono qui esattamente?» ribadisce pignolo.

«Be'» risponde Carnevali, «perché non esiste che sono l'unico che deve rompersi il cazzo la notte di Capodanno.»

«Ah...» commenta semplicemente Sgambati, che non riesce neanche a prendersela per davvero.

«Eh, problemi?» stuzzica Carnevali.

Provocatore del cazzo, pensa Sgambati, poi accorgendosi che Carnevali lo sta guardando fa cenno di no con la testa. «Dove si va?» chiede.

Carnevali volta a destra senza rispondere.

*Sono nata in una notte luminosissima, ho lottato perché sapevo. Non volevo uscire: troppa luce, trop-*

*pa fatica, troppo terrore. E tutti avevano un'aria straordinariamente felice: che bambina magnifica, che occhi espressivi, che mani lunghe. Il resto si vive nel silenzio, perché la mia vita è stata brace sotto la cenere. La mia vita è stata cercare di essere; è stata un'indigestione; è stata vedere e sentire qualcosa che non riuscivo ad afferrare.*

*Hai troppa fretta, dicevano, vedrai col tempo... E quante volte ho gridato senza aprir bocca alla mia immagine davanti allo specchio: ti odio, ti odio, ti odio! Questo gridavo, che la vita mi sembrava un paio di scarpe strette. Così imploravo le notti: ti odio, fammi morire.*

*Ma tutto proseguiva ostinato, giorno dopo giorno. Il tempo se ne andava per i fatti suoi nella prolissa scansione dei giorni.*

Arrivati al parcheggio del condominio anni Settanta che è stato trasformato, con pochi ma sostanziali interventi, nella Casa di riposo Senectute, Carnevali scende dalla macchina. «Dieci minuti e arrivo» dice vedendo che Sgambati fa per staccare la cintura di sicurezza. «Tu fumi?»

«No.»

«Va bene, allora nell'attesa fai il cazzo che vuoi... vuoi ascoltare della musica... io ci metto una decina di minuti» ripete. Ma senza aspettarsi alcuna risposta.

A Sgambati viene in mente che se avesse avuto un

padre gli sarebbe piaciuto che fosse uno stronzo provocatore. Forse perché ha dovuto subire una madre fin troppo invadente e fin troppo concentrata a non fargli sentire quell'assenza, quel vuoto, che sono impossibili da non sentire. Sicché ora gli pare stranamente dolce essere costretto a subire un turno festivo col suo insopportabile capo. Si slaccia la cintura di sicurezza, accende la radio mentre Carnevali sparisce nell'ingresso buio dell'edificio.

Carnevali saluta con un cenno veloce della mano il tizio corpulento che è andato ad aprirgli. Può notare che in più rispetto al solito assetto ci sono dei festoni natalizi e delle palle in plastica con neve finta e pupazzi di neve e babbi Natale. E scritte infantili tipo BUONE FESTE, FELICE ANNO... Elementi che non riescono minimamente a rendere più festoso il posto, ma solo più orribilmente squallido. Il corpulento lo sta precedendo, entusiasta, verso la sala comune dove suo padre, insieme agli altri ospiti, sta usufruendo dello speciale dessert delle feste, che consiste in un quarto di fetta di panettone industriale e un goccio, un goccio appena, di spumante a poco prezzo servito in eleganti calici di plastica.

Il professore è seduto abbastanza distante dal gruppo, ha un libro sulle ginocchia e pare appisolato.

«Papà?» sussurra Carnevali raggiungendolo. Si siede di fianco a lui.

«Ah, Filippo, tutto bene?» chiede il vecchio.

«Che leggi?» Carnevali risponde a una domanda con una domanda.

Il professore chiude il libro e glielo porge. «Così perdi il segno» commenta Carnevali.

«L'avrò letto dieci volte» smorza suo padre.

Carnevali afferra il volume: è *Il Segno rosso del coraggio* di Crane in una versione illustrata, forse per ragazzi, forse addirittura purgata di certe parti troppo cruente.

«Ti ricorda niente?» chiede il professore. A Carnevali sale una certa ansia a partire dal basso ventre. «Lo leggevi di nascosto» completa il padre. «Quando dicevi di non voler leggere. Ma io sapevo che lo facevi. Di nascosto» ribadisce.

«Era avvolto in una copertina di carta di giornale...»

«... e sistemato nella parte alta dello scaffale, bisognava salire su una sedia per tirarlo giù...»

«... l'avevi fatto apposta per farmelo leggere... di farmelo sembrare proibito, intendo.»

«E non solo quello, con te era sempre indispensabile inventare strategie.»

«... per obbligarmi a fare le cose?»

«Per salvarti da te stesso.»

«Ero passato per farti gli auguri di buon anno.»

«... quel libro mi è venuto in mente perché in un

vecchio articolo di giornale sono incappato nella strana notizia che l'ultimo Natale della sua vita Stephen Crane l'ha passato a cena con Conrad, James e Wells. Ci pensi? »

A Carnevali scappa un sorriso come a dire che se il progetto è stato di essere completamente inadeguato per quel padre, ebbene è perfettamente riuscito. « Anche Viola e Alice ti mandano i loro auguri. » Mente, ma solo per cambiare argomento.

« Sì, sì certo » fa il vecchio, « sono state qui questo pomeriggio », e mostra il cardigan nuovo di zecca che ha addosso.

« Ah, non mi dicono mai niente » commenta Carnevali, come trattenendosi.

« Non è facile parlare con te... »

Quando Sgambati lo vede arrivare si allaccia la cintura, pensando di limitare le possibilità di argomenti divisivi col capo. Ma non c'è scampo.

« Guida tu! » gli ordina bussando al finestrino del passeggero.

Sgambati immediatamente si slaccia la cintura e, piuttosto che uscire dalla macchina aprendo la portiera, conquista a cavalcioni, sfiorando col culo la leva del cambio e il freno a mano, il sedile dell'autista.

Carnevali occupa il sedile che era stato del giovane, e che è ancora caldo di lui. « Spegni questa musica di merda che ho le palle girate » dice spegnendo lui stesso la radio che trasmette un qualunque rumoroso...

« Dove si va? » chiede Sgambati mettendo in moto.

*Avevo un pensiero costante: volevo che finisse. Avevo paura di quel Nulla travestito da tutto. E temevo di diventare come mia madre. Che era un modello terribile, che era sofferenza e gioia insieme, che era patimento e sacrificio, che era dolcezza, che era una luna crescente, luminosa, piena di aspettative. Lei avrebbe capito e sarebbe stata disposta a morire per me. Come quella volta che, d'improvviso, sentii quel dolore al ventre. E sangue. Così si compiva quello che sapevo da sempre. Allora corsi in camera da mia madre e piansi. E mamma sorrise di un sorriso rotondo. Quello che disse me lo ricordo bene. È come morire un poco, disse, perché le donne custodiscono il mistero della morte: è il prezzo che devono pagare per dare la vita.*

*Crebbero i seni, poi fu fingere. Ma forse era solo lasciarsi vivere. A scuola, in palestra, in parrocchia. A mangiarsi le sere, a fumarsi i pomeriggi, a bersi le mattine. A saggiare il limite. A urlare alla notte. Pronta al sacrificio di me stessa. Che già stavo morendo un poco, da tempo. E lei, mia madre, era già morta, solo che non lo sapeva. Mio padre no, lui era sole caldissimo, un mezzogiorno costante e impieto-*

*so. Potenza pura, verità e giustizia. Lontano, chissà dove. Perché non sono lui? Perché non sono sua? Perché non ho quello sguardo appagato, pacificato? Perché se n'è andato? Lui avrebbe potuto amarmi, ma, come tutti gli uomini, aveva paura. Perché il potere degli uomini è non avere nessun potere: è così che vincono su tutto. Ci fanno credere che la loro debolezza dipenda da noi, ma loro sono deboli e basta. Semplice. Uccidere lui non sarebbe stato necessario. Tempo perso. Ancora. Poi, all'improvviso, sei arrivato tu. Che al più flebile contatto di luce diventavi infuocato, brillante di rame. Eri l'inizio di tutto e respiravi il mio respiro.*

A casa c'è un'atmosfera pessima. Viola sta fumando una sigaretta tenendo una mano fuori dalla finestra socchiusa. «Pensavo avessi smesso» commenta entrando Carnevali. Viola nemmeno risponde. Intanto Sgambati resta indietro come se gli spettasse di congedarsi una volta portato a casa il suo capo. Che poi quella casa è stata sua, ma ora, dopo cinque anni di separazione, non lo è più. «Che fai impalato, e chiudi no?» sbotta Carnevali. Sgambati fa un passo avanti e chiude la porta. «Alice?» chiede Carnevali rivolgendosi di nuovo a Viola che sta spegnendo la sigaretta premendo la cicca su un piattino da caffè.

La donna fa di spalle. «Ma che ne so. Si è chiusa in

camera sua.» Da un televisore senza volume scorrono le immagini di una festa di piazza.

«Eh? Ma che le hai detto?»

«Io, nulla.»

Sgambati li guarda, quei due si sono amati, e probabilmente per motivi imperscrutabili si amano ancora. Si capisce dal fatto che si parlano come se non avessero bisogno di alcun diaframma. E questa confidenza indecente, senza filtri, suscita nel giovane una specie di nostalgia per qualcosa che non ha mai avuto. Si allenta la sciarpa dal collo.

«Come nulla?» sta insistendo Carnevali.

Viola chiude la finestra della cucina dopo aver lasciato sul davanzale esterno il piattino con la cicca. «Le ho chiesto se avesse notizie di Riccardo, se frequentassero lo stesso giro. Le ho detto che lo stanno cercando. Che la mamma è molto preoccupata. E non so cosa le è preso: non ha voluto parlarmi, si è chiusa in camera.»

«Lo so io cosa le è preso: ma tu lo sapevi che con Riccardo c'è stato del tenero?»

Viola spalanca le palpebre come se i bulbi oculari volessero schizzare fuori dalle orbite. Poi nega con decisione. «Non ne so niente, non mi ha mai detto niente.» Si arrende.

A Carnevali verrebbe da esultare: finalmente anche la sua ex sta provando quella sensazione di esclusione che lui prova ormai da anni.

«Vado a parlarle» dice Viola scattando in avanti.

«No!» la blocca Carnevali. «Ci vado io.» E lo dice con una determinazione talmente profonda che Viola non prova nemmeno a opporsi.

Rimasti soli nel soggiorno, la donna invita Sgambati a togliersi il piumino e la sciarpa. «Le ha fatto mangiare qualcosa almeno?» chiede.

Sgambati non sa mentire. «No» ammette infatti.

«Ho preparato un sacco di roba, ma direi che non è serata» constata Viola, ma senza troppa amarezza. «Metterò in freezer. Intanto c'è della parmigiana.»

Al terzo tentativo, quando è chiaro che Carnevali piuttosto che arrendersi sfonda la porta, Alice lo fa entrare nella sua camera. Lui che un attimo prima sembrava disposto a tutto, ora che può entrare liberamente tentenna. La stanza di Alice è un mondo che gli è alieno. Lo capisce con una chiarezza limpidissima. «Alice, amore» implora.

Lei se n'è tornata a letto dandogli le spalle.

«È una cosa seria» dice sperimentando il tono più accondiscendente che trova. «Se è vero che voi avete avuto una simpatia particolare» usa parole assurde e se ne rende conto, «è meglio che ne parli adesso con me, perché se a Riccardo fosse successo veramente qualcosa, allora saresti convocata e il tuo telefono controllato. Amore.»

«L'ho lasciato io» dice lei all'improvviso, senza voltarsi, senza quasi muoversi. «Tre mesi fa, circa...»

« Ah... » commenta Carnevali. « L'hai lasciato tu. »

Alice conferma al nulla. « È cambiato di colpo... »

Quella sospensione mette in allarme Carnevali. « In che senso? » chiede.

La ragazza pare volersi prendere abbastanza tempo prima di rispondere. Il padre la sente sospirare. « Così, un giorno me ne ha detta una di troppo... e poi è evidente che frequentava un'altra. »

« Un'altra chi? »

« Lasciamo stare » glissa Alice.

« No che non lasciamo stare, Alice, ma lo capisci cosa sta succedendo? Parla con me adesso, per favore. »

« È che non mi piace fare pettegolezzi... »

Carnevali chiude gli occhi per costringersi alla calma assoluta. « Che pettegolezzi? » chiede ancora una volta con uno sfinimento addosso che farebbe impietosire i sassi.

« Cose che si dicevano a scuola... »

« ... Tipo? » La calma di Carnevali sta davvero per esaurirsi.

« Che Ric, sì, Riccardo, se la facesse con la Mancini » dice d'un fiato Alice.

Ora è chiaro che questa rivelazione non ha colpito nel segno perché a Carnevali quel nome, Mancini, non dice nulla. « Aveva un'altra » constata allargando le braccia con indulgenza, sa perfettamente che molta di quell'indulgenza è rivolta a se stesso.

« Sì » conferma Alice. « La prof d'italiano... »

« Eh? Ripeti, ho capito bene? »

Alice scuote la testa sconsolata. « Secondo alcuni del suo giro se la faceva con la prof Mancini, papà, parlo greco? » Alice aspetta per un poco che il padre risponda, ma lui sembra frizzato in un'espressione instupidita. Non che la faccenda in sé lo scandalizzi, lui per primo si sarebbe scopato senza alcun problema la prof di filosofia quando era al liceo, ma che un fatto simile e inaspettato potesse sfiorare la sua bambina cominciava a farlo andare nei matti.

« E così l'hai lasciato. »

« Ma non l'ho lasciato per quello... non solo » si corregge Alice, è chiaro che ci sta andando con i piedi di piombo, « ma... perché quando gli ho chiesto se fosse vero quello che dicevano a scuola, lui ha negato... »

A Carnevali viene in mente il motto che l'ha sostenuto fin da ragazzo: negare sempre. « Be' » prova, « qualche volta... »

« Papà 'qualche volta', spesso, qualunque cosa diciate si capisce solo che state mentendo » lo secca Alice. « E io ho capito che Riccardo stava mentendo e che, per qualunque motivo ci andasse, con quella donna, non aveva la minima intenzione di smettere di incontrarla nonostante lo negasse. »

La storia della mia vita, pensò Carnevali, e un poco si sentì solidale col giovane Riccardo e con i motivi per cui, nonostante lo negasse, non aveva la minima intenzione di smettere di incontrare la prof.

« Gli ho scritto un messaggio e poi l'ho ghostato. »

« E io posso vederlo? Quel messaggio intendo, con la data e tutto » domanda Carnevali con la cautela dello scassinatore di casseforti. « Amore » ripete, « se tutto va male dovrai farlo vedere per forza a estranei e allora io non potrò più fare niente... » rincara.

Alice si mette a sedere sul letto, poi afferra il suo smartphone, ci armeggia un po' e glielo passa.

Intanto nel grande open space Sgambati e Viola, seduti a tavola, si sono fatti fuori una mezza bottiglia di rosso e stanno mangiando parmigiana direttamente dalla teglia. Carnevali entra con aria pensierosa come un attore che dalle quinte piomba al centro della scena. Viola lo vede e smette di mangiare. Sgambati come per riflesso fa la stessa cosa e si pulisce con un tovagliolino natalizio le labbra unte di sugo.

« Stavano insieme, sì, poi lei l'ha lasciato perché pare che lui frequentasse una nave scuola, una certa professoressa Mancini. »

« La prof di italiano? » chiede Viola.

« Sì, la conosci? »

« Se fossi andato almeno a uno degli innumerevoli colloqui con i professori di tua figlia la conosceresti anche tu. »

«Comunque è stata Viola a lasciare Riccardo, con un messaggio: c'è la data» riassume Carnevali, ma con il tono meccanico di chi sta facendo mente locale.

«Con la Mancini...» ripete Viola che ancora non crede possa essere successo davvero.

*Abbiamo fatto l'amore in camera mia e tu hai detto: che bello sarebbe se fosse così per sempre. E hai detto una cosa pericolosa, senza saperlo. Io ho ripetuto: così per sempre? Tu hai guardato l'orologio: a che ora rientra tua madre? hai chiesto. Non rientra, ti ho risposto, non rientra più.*

Sgambati finisce di pulirsi per bene prima di riprendere il suo broncetto riflessivo. «Mancini» ripete.

Viola e Carnevali lo guardano. A lui viene in mente che se mai avesse avuto un figlio maschio non gli sarebbe dispiaciuto che avesse quella faccia mobile e quello sguardo azzurro e anche quel sottile, ma evidente bisogno d'affetto, quella specie di dipendenza dall'approvazione paterna che a lui era sempre mancata. «Che c'è?» chiede l'ispettore capo, vedendo che il suo agente scelto armeggia col cellulare.

«Quel nome» dice Sgambati. «Mi risuona.» Finalmente compone un numero. Aspetta. «Sì...» dice a un certo punto. «Ah, Morace... Sgambati... Mi controlli una chiamata? Sì, al massimo un'ora e mezza fa: una badante... sì ho risposto io. Mi dai per favore i riferimenti?» E si ferma ad aspettare. «Sì, grazie, sì buone feste anche a te... Mi mandi l'indirizzo alla mia messaggeria? Grazie Morace...» Carnevali e Viola stanno aspettando che dica qualcosa. «Mancini» dice, «la vecchia che non rispondeva al citofono. Quella che poi è risultata con la figlia... si chiama Mancini.»

«Mancini Elisabetta?» chiede Viola.

Sgambati fa appena in tempo a guardare lo schermo del suo smartphone su cui è comparso un messaggio. «La casa risulterebbe intestata a Mancini Edvige» chiarisce.

«La madre» riflette Carnevali. «Qual è l'indirizzo?» chiede.

Prima che Sgambati possa rispondere ha già afferrato la sua giacca pesante per uscire.

In macchina stanno zitti, la casa non è a due passi, ma per fortuna manca ancora un'ora e mezza buona a mezzanotte: sono in quel tempo morto che precede i botti e i festeggiamenti. Le strade sono perfettamente sgombre se si esclude qualche taxi e qualche tram semivuoto.

Sgambati guarda dritto davanti a sé. «Magari stiamo facendo un viaggio a vuoto» riflette più che dire.

«Sì, magari» replica Carnevali con un cinismo che non lascia scampo. «Mi dispiace averti rovinato il Capodanno. La solitudine fa brutti scherzi davvero, qualche anno fa un mio collega si è suicidato proprio davanti a me, si chiamava Vitali, lo chiamavamo Vita, pensa un po'» aggiunge.

Sgambati conosce la storia, in commissariato gliel'hanno raccontata subito per metterlo in guardia dal caratteraccio di Carnevali. A me non succederà, brutto stronzo, pensa. «Non ha rovinato niente» dice invece.

«Gli amici che dovevi incontrare intendo, magari sei ancora in tempo per raggiungerli» insiste Carnevali.

Sgambati continua a fissare la strada. Di profilo sembra ancora più giovane, più inesatto. «Non c'è nessuno» sussurra.

Carnevali non replica. «Che numero?» chiede.

«Sessantatré. Poco più in là, davanti ai bidoni» risponde Sgambati.

*Poi, all'improvviso, è finito tutto... e non rientra più. Mia madre non ha fatto nemmeno in tempo a soffrire. Ci siamo abbracciati, io ti ho abbracciato. Nella notte che se ne andava ho visto troppe cose che se ne andavano insieme a lei. È a quel punto che ci ho pensato, ed è stato come capire tutto: che non era lei, che non era la libertà, che non era continuare a colpirla tappandole la bocca per non farla urlare, che non era nemmeno mia madre quel corpo a terra immerso nel suo sangue. Io ti ho abbracciato, tu, come al solito, mi hai guardato stringendo appena gli occhi. Io mi metto a ridere perché sei strano e non vuoi che parli. Ti fai tante domande guardando mia madre a terra. Io le sento che vagano dentro al tuo cervello, sento che le assapori col palato e cerchi di staccarle dai denti con la punta della lingua, come una caramella troppo morbida. Vedi, la cosa peggiore è stata scoprire l'inutilità, scoprire che tutto quel pensare, e pensare, e pensare non aveva prodotto niente... Scoprire che il nemico non era stato sconfitto. Rido perché ti vedo inquieto, di un'inquietudine nuova... Tu che avevi creduto ciecamente ora cominci a dubitare... E la notte sta radunando le sue cose e il giorno arriva e la luce ritorna e Nulla ritorna alla vita e niente sembra più importante, nemmeno questa nostra finzione.*

Il 63 corrisponde a una palazzina modesta di quattro piani che dà sulla strada principale. Il piano terra è completamente occupato da uno di quei laboratori cinesi in cui si rifanno le unghie di mani e piedi. Il portoncino di alluminio anodizzato ha un vetro scheggiato. È traballante, ma ben chiuso. Sul lato dello stipite una piccola fila di pulsanti, con nomi strani segnati su strati di etichette sovrapposte a etichette. Mancini è al secondo piano. Suonano. Suonano ancora. Tutto inutile. Allora Carnevali suona a tutti i campanelli dell'edificio. E al primo che risponde intima di aprire. È la fottuta polizia. L'edificio non ha ascensore. L'inquilino che ha aperto si palesa da una fessura della sua porta semichiusa. È un cingalese, o comunque uno straniero. Non chiede niente, si limita a osservare Carnevali e Sgambati che affrontano le scale per arrivare al piano superiore. Sul pianerottolo sembra tutto normale, se non fosse per un sottile travaso scuro che, dalla fessura inferiore della porta d'ingresso con la targhetta Mancini, ha inzuppato il tappeto in rafia con su scritto BUONDÌ.

Il corpo di Riccardo Ruggeri è riverso a terra proprio nel piccolo androne d'ingresso. È completamente vestito. Pugnalato al fianco e alla schiena come se fosse stato colto mentre usciva di casa. Quel sangue che ha cercato scampo scivolando verso il pianerottolo e ha inzuppato il tappeto all'ingresso è suo. È morto a faccia in giù, le braccia semiaperte come se avesse tentato di parare la caduta. È rosso per davvero, viene da pensare a Sgambati. Per arrivare alle altre stanze dell'appartamento occorre guadare la macchia densa ed estesa del sangue coagulato del ragazzo. Con un balzo sono in quello che nei tempi andati si sarebbe definito tinello, più a destra un cucinotto e la porta-finestra di un balconcino stipato di cose. Da quello spazio si accede a un piccolo disimpegno con tre porte: due camere da letto e un bagno. La prima camera è vuota, piena di libri, il letto rifatto. Nella seconda c'è un altro cadavere. Una donna anziana...

*Poi, all'improvviso, c'è qualcosa di straordinariamente chiaro nel tuo sguardo: che cosa hai fatto? chiedi. Così. Come se avessi capito che, nel flusso stanco delle cose, tuttavia è impossibile impunemente sopravvivere a un corpo massacrato. E io lo so cosa resta. Resta di farla finita. Mi rivesto e vado, dici. E tu? mi chiedi. E io, mi arrangio, dico. Mi arrangio. Aspetto in piedi completamente nuda che lui, il mio amore, si sia rivestito completamente. Mi guardo intorno cercando... cercando un finale plausibile... E tutto mi sembra chiaro...*

Mancano dieci minuti alla mezzanotte quando arrivano in commissariato. La faccenda è piuttosto rognosa. Due cadaveri e una «presunta» assassina di cui non c'è traccia. Nessuna arma corrispondente alle ferite mortali inferte è stata trovata nell'appartamento. Sta peggio la squadra della Scientifica che ha dovuto abbandonare qualunque cosa stesse facendo per trascorrere un indimenticabile Capodanno con Riccardo Ruggeri e Edvige Mancini, che, pure morti, hanno un sacco di cose da dire a chi li sa ascoltare.

Insomma la stesura del rapporto, la fase del mettere in ordine fa scoprire come ogni cosa, anche quando appare assolutamente casuale, casuale non è. Per esempio la pedanteria di Sgambati nel chiedere il come e il quando a chiunque telefoni, e prendere i dati precisi. Fare cioè tutte quelle cose che alla maggior parte dei colleghi sembrano perdite di tempo e che invece, in questo caso, si sono rivelate dirimenti. È chiaro che scrivere scrive Sgambati, Carnevali tutt'al più detta. Così, proprio mentre l'agente scelto sta riassumendo il punto in cui si verifica l'incrocio risolutivo dei dati tra l'informazione acquisita dall'ispettore capo Carnevali e la telefonata ricevuta, e registrata dall'agente scelto Sgambati, ecco che esplode la mezzanotte. Dappertutto con una furia che sa più di rabbia che di auspicio. Qualche agente fa auguri sparsi. Un calabrese ha portato una bottiglia di spumante e chiede il permesso di stapparla alla faccia della regola che non si beve in servizio. Si fanno battute. Sgambati cerca di scrivere senza perdere il filo. « Numero 63 » sta compilando, quando sente che intorno a sé ogni festeggiamento si è completamente spento. D'improvviso. E pare che persino il fibrillare isterico dell'esterno si sia interrotto.

« Riccardo! »

A chiamarlo è una donna. Spettinata, scalza, appena coperta da una sottoveste lorda di sangue. È entrata in commissariato, ma davvero non si sa da dove e come. Ha un coltello in mano. Carnevali guarda Sgambati.

«Riccardo!» ripete la donna.

Allora Sgambati le sorride e la guarda, proprio come se fosse la donna delle piadine. Le va incontro nel silenzio generale, quel tipo esatto di sospensione che ha spento persino i festeggiamenti che impazzano dappertutto oltre quella bolla silenziosa, ammutolita, che è diventato il commissariato di zona. Poi Sgambati le porge una mano per farsi dare il coltello e lei glielo dà senza fare nessuna resistenza.

«Salve prof» le sussurra e le mostra la sedia davanti alla scrivania di Carnevali per invitarla finalmente a riposare. Ha camminato seminuda al freddo...

Elisabetta Mancini si siede, si sistema il tessuto sottilissimo della sottoveste accarezzandosi le cosce. «Riccardo, ho qualcosa da dirti» scandisce a un certo punto dopo essersi schiarita la gola.

Sgambati le sorride. Lei inizia a parlare...

*... Mi ricordo tutto. Quasi tutto. E tu avevi paura, tremavi, chiedevi: sei sicura? Abbassavi lo sguardo come un piccolo sole spento...*

## MARCO VICHI

# *Il bosco*

« Non allontanatevi troppo » disse la mamma, mentre i bambini stavano uscendo.

« No mamma, andiamo qua dietro » disse Camilla.

« Siete coperti bene? »

« Sì mamma... »

« E non tornate tardi... » Ma la porta si era già richiusa, e la mamma continuò a leggere davanti al fuoco, sdraiata sul divano. Non si preoccupava troppo di lasciarli giocare fuori da soli, si fidava di Camilla e soprattutto confidava nella protezione di Dio, che vegliava sui suoi figli in ogni istante. Suo marito stava già trafficando in cucina. Quando era in vacanza si divertiva a cucinare, era la sua passione. Sperimentava ricette complesse trovate su internet, che a volte lo impegnavano per diverse ore. La famiglia era andata a passare le feste di Natale nella casa di campagna comprata da poco, nel profondo Chianti, in un luogo piacevolmente sperduto sulle colline disseminate di oliveti, di vigneti e di boschi, come gli sfondi dei dipinti del Rinascimento.

Camilla imboccò il sentiero sterrato che scendeva verso una grande collina boscosa, tirandosi dietro il fratellino come se fosse lei la sua mamma. Lei aveva undici anni, Filippo sette.

«Dove andiamo?» chiese Filippo.

«Voglio vedere cosa c'è laggiù» disse sua sorella con aria da esploratrice, decisa a fare un giro in quel bosco dove non erano mai stati. Voleva sentirsi grande, soprattutto davanti a Filippo, che la seguiva come un cagnolino.

«Non è troppo lontano?» piagnucolò lui.

«Macché lontano...»

«Poi fa buio.»

«Non dire scemenze...» Erano le tre di pomeriggio, mancavano un paio d'ore al tramonto, e il cielo sarebbe rimasto chiaro almeno fino alle cinque e un quarto. Avevano ancora un sacco di tempo. Nonostante fosse il 30 dicembre non faceva troppo freddo. Ogni tanto accadeva che l'estate di San Martino si prolungasse fino ai primi di gennaio, per il piacere degli umani anche se a danno della natura.

«Ma la mamma ha detto...»

«Uffa con questa mamma» lo interruppe Camilla. La mamma non immaginava che i suoi bambini stavano per avventurarsi da soli in quel grande bosco, e certamente non sarebbe stata d'accordo. Ma per Camilla era emozionante proprio questo. L'idea di fare qualcosa di proibito le piaceva. Da qualche mese, le capitava ormai abbastanza spesso di dire piccole bugie e di disobbedire di nascosto. Anche se si sentiva in colpa, e provava uno strano senso di solitudine, quel brivido pieno di contrasti la attirava, e chissà come e perché la faceva sentire importante. Magari non avrebbe saputo trovare le parole per spiegarlo, ma ormai da qualche mese preferiva vivere quel misterioso turbamento che sentirsi come prima una bambina brava e obbediente. Insomma era sospesa tra l'infanzia perduta e l'adolescenza in arrivo... Lei non lo sapeva, ma sua mamma la osservava con tenerezza e con un briciolo di preoccupazione. Filippo invece era profondamente infantile, e come molti maschietti anche un po' tontolone.

«Ma ora fa buio...»

«Smettila» disse Camilla, continuando a tirarselo dietro. Arrivarono in fondo al sentiero e si inoltrarono nel bosco, dove la luce del giorno penetrava a fatica.

«Ma che facciamo qui?» chiese Filippo, titubante.

«Andiamo a vedere cosa c'è...»

«Ho paura.»

«Macché paura, al massimo ci sarà una strega, o magari un orco che mangia i bambini» disse Camilla, scoppiando a ridere.

«Torniamo indietro» disse Filippo con i brividi nella pancia, puntando i piedi.

«Sei proprio piccino, fai ancora la pipì a letto» disse lei, per ferirlo e spronarlo.

«Non è vero...»

«Sì che è vero.»

«Solo ogni tanto... Sei brutta!» Filippo ebbe uno scatto di orgoglio e con uno strattone si liberò della mano della sorella. Non sopportava di essere trattato da moccioso. Corse avanti sul sentiero, per far vedere che poteva affrontare il bosco da solo... Se appariva una strega se la sarebbe mangiata.

Arrivarono a un ruscello che attraversava il sentiero e gorgogliava tra le pietre. Videro molte rane fuggire saltando in ogni direzione, era buffo. Si fermarono un po' a giocare con l'acqua, anche se era gelida. Ci infilavano le mani, schizzavano tutto intorno. Poi fecero una gara. Rompevano dei rametti secchi in piccoli pezzi...

«Sei pronto?»

«Pronto...» Ognuno gettava in acqua il suo rametto e li guardavano scendere a valle, superando gorghi e sassi. Vinceva chi arrivava per primo a una cascatella che s'intravedeva sotto una galleria formata dalla vegetazione.

Camilla si divertì a fare la pipì nel ruscello, in bilico su un pietrone che emergeva dall'acqua, ridendo come una scema. Anche Filippo volle fare la stessa cosa, scivolò su una pietra muschiosa e per poco non cadde in acqua.

«Stai attento!» gli gridò Camilla, che si sentiva responsabile del fratellino. Dopo lo scampato pericolo andarono oltre il ruscello e si addentrarono ancora di più nel bosco, lungo quel sentiero che a poco a poco diventava sempre più stretto. Ogni tanto si avvertiva un fruscio tra i cespugli, o il verso di un uccello che cantava in cima agli alberi, e Filippo si mordeva le labbra. Camilla fingeva di non aver paura di nulla, ma cominciava a sentirsi un po' insicura. Si faceva forza solo per non fare brutta figura con Filippo, che l'avrebbe sicuramente presa in giro. Se fosse stata da sola sarebbe tornata indietro, e anche in fretta. La suggestione le stava giocando brutti scherzi. Ogni tanto le sembrava addirittura di vedere un'ombra che li seguiva camminando in mezzo agli alberi, uomo o animale era impossibile da capire, ma quando si voltava non vedeva niente. Era certamente colpa della sua immaginazione, influenzata dalla paura. Doveva farsi coraggio, non voleva arrendersi. Continuava a camminare tendendo le orecchie e guardandosi in giro, senza farsi vedere dal fratellino, che se avesse capito quanto lei era agitata se la sarebbe fatta sotto.

«Che si fa? Si torna?» disse Filippo con un filo di voce.

«Andiamo avanti ancora un po'» disse lei, con aria da amazzone. Era più grande di suo fratello di ben quattro anni, comandava lei, doveva farsi vedere imbattibile... A un tratto sentirono una specie di galoppo, e sul sentiero arrivò correndo una grossa lepre che si spaventò quanto loro due, piantò le zampe davanti sul terreno, scartò di lato e fuggì come un razzo nel fitto del bosco, lasciando Camilla e Filippo con il batticuore.

«Che paura...» disse Filippo, con il respiro affannato.

«Era solo una lepre» disse lei ridendo, ma la sua voce tremava come quella del fratellino. Quella lepre le aveva smosso qualcosa nel profondo. Dopo che lo spavento l'aveva scombussolata, il suo animo era diventato più sensibile alle fantasie, e anche piccole cose innocue riuscivano a farle paura... una folata di vento, un cane che abbaiava lontano, una pigna che cadeva tra i cespugli. Si erano addentrati nel bosco per almeno un chilometro, lungo quel sentiero. La luce del giorno si stava abbassando. La cosa più saggia sarebbe stata tornare subito indietro, ma Camilla doveva andare avanti, sempre avanti, per dimostrare a se stessa e al fratellino di non avere paura di nulla. Filippo invece aveva paura e non lo nascondeva.

«E se ci perdiamo?»

«Macché, stai tranquillo, siamo rimasti su questo sentiero.» Camilla prese di nuovo Filippo per mano e continuò ad avanzare. Era caparbia, come sanno essere le ragazzine che si avvicinano alla dolorosa, affascinante e irreversibile trasformazione dell'adolescenza. A volte si sentiva guidata da una forza misteriosa, indomabile, capace di farle prendere decisioni improvvise che non capiva e non le importava di capire, e che forse non avevano alcuna spiegazione, se non la tempesta che a sua insaputa stava per esplodere dentro di lei.

A un tratto la sensazione di essere seguita diventò quasi una certezza, le sembrava di avvertire un fruscio di passi nella vegetazione, e nonostante l'aria fresca cominciò a sudare. Si erano allontanati troppo, aveva ragione Filippo. Se qualcuno voleva fare del male a quei due bambini soli in mezzo al bosco... Non finì neanche il pensiero, cercò di distrarsi.

«Quel cipresso avrà trecento anni...»

«Quando si torna?»

«Ma sì, andiamo a casa.» Camilla non vedeva l'ora di accontentarlo. Si fermò un attimo, costringendo anche Filippo a fermarsi, e il fruscio che le sembrava di sentire scomparve.

«Che c'è?» chiese Filippo, allarmato.

«Nulla, stai zitto un attimo.»

«Hai sentito qualcosa?»

«Zitto!... No... aspetta...» sussurrò lei, fissandolo negli occhi. Non sentiva più nessun rumore. Forse era stato un animale, che poi se n'era andato. Filippo riuscì a resistere solo pochi secondi.

«Andiamo?»

«Sì, andiamo...» Appena si avviarono sul sentiero per tornare verso casa, ecco che Camilla sentì ancora quel fruscio di passi... O forse era solo una sua impressione? La paura prese di nuovo il sopravvento, e pensò che se qualcuno li avesse uccisi nel bosco... chissà quando li avrebbero ritrovati... magari tagliati a pezzettini, come succedeva in una serie tv che aveva visto di nascosto dai genitori.

«Ce la fai a camminare più svelto?»

«Hai paura?» chiese Filippo, spaventato.

«Macché!» disse lei un po' stizzita, ma sapeva bene che il fratellino aveva ragione... sì, aveva paura. Immaginava il bosco pieno di pericoli, di mostri pronti a saltarle addosso, però non poteva mettersi a correre, sennò Filippo sarebbe morto di terrore... e così continuò a camminare più o meno con calma, anche se vedeva streghe in cima agli alberi e occhi nascosti dietro ai cespugli... ma aveva letto in un racconto che la paura poteva giocare brutti scherzi. A un certo punto in mezzo al bosco che saliva verso la cima della collina le sembrò proprio di vedere un cappellaccio muoversi tra gli alberi, e con tutto il coraggio che le rimaneva cercò di convincersi che non era vero... ma poi si accorse che lassù c'era davvero qualcuno, adesso ne era sicura, anche se non lo vedeva bene. Sembrava un uomo, era abbastanza lontano, stava camminando verso di loro sullo stesso sentiero, ma si vedeva solo il cappello perché c'erano molte curve e la vegetazione era fitta. Filippo era più basso di lei e non poteva vederlo. Camilla lo prese per una mano e lo costrinse ad abbassarsi, facendogli segno di stare zitto. Filippo aprì la bocca per parlare, ma lei gliela tappò.

«Zitto! C'è qualcuno!» sussurrò. Filippo la fissava con gli occhi impauriti.

«Adesso ti levo la mano dalla bocca, ma non dire nulla.» Era serissima. Il fratellino fece di sì con il capo.

«Chi è?» chiese lui muovendo solo le labbra.

«Non lo so...»

«Che facciamo?» Guardava la sorella con gli occhi spalancati. Lei sbirciò di nuovo.

«Sta venendo qui... aspetta... no... mi pare che sia uscito dal sentiero... sta camminando in mezzo agli alberi... sta salendo, è di spalle...» bisbigliò Camilla, agitata. Adesso che invece di streghe immaginarie aveva visto una persona in carne e ossa, la paura era scomparsa, e al suo posto era arrivata una grande curiosità e la voglia di vivere un'avventura. Anche Filippo era più calmo, perché vedeva che lei era tranquilla. Si alzò in punta di piedi per sbirciare.

«Non vedo nulla...»

«Aspetta.» Camilla lo sollevò prendendolo sotto le ascelle.

«Sì sì, ora lo vedo.»

«Lo seguiamo...» disse lei, rimettendolo giù.

«Sei pazza?»

«Dai, non rompere... Voglio vedere chi è e dove va...»

«Ma chi è?»

«Che ne so, scemo... È quello che voglio scoprire...»

«Io vado a casa» piagnucolò Filippo.

«Smettila, lo seguiamo insieme... Se facciamo piano non se ne accorge...»

«Ma perché?»

«Voglio vedere chi è e dove va.»

«Ma perché!»

«Perché sì.»

«Ma che te ne importa?»

«Noi siamo due poliziotti e lui è un bandito che si sta nascondendo» disse Camilla, con lo sguardo acceso. Intanto continuava a osservare quell'uomo con il cappello che stava camminando in salita in mezzo alla vegetazione... Era un po' curvo, anzi pendeva da una parte, forse zoppicava... Dove stava andando? Chi era?

«Voglio andare a casa» disse di nuovo Filippo. La sorella alzò gli occhi al cielo.

«Mamma mia come sei... Se non vieni dico alla mamma che il vasetto che sta cercando l'hai rotto te.»

«Uffa, sei cattiva...»

«Non sono cattiva.»

«Invece sì!»

«Dai, ci divertiamo...»

«Uffa, uffa, uffa... poi lo dico al babbo.»

«Non ti azzardare, scemo... Dai, vieni...» Dopo un po' anche loro lasciarono il sentiero e s'infilarono in mezzo ai cespugli di ginepro. Camilla camminava piegata in avanti, e alzava di continuo il capo per sbirciare... ogni tanto vedeva quell'uomo sparire dietro gli alberi, ma subito dopo riusciva a scorgerlo di nuovo. Il terreno era ancora morbido per via della pioggia di qualche giorno prima, era come camminare su un tappeto. In estate, sul fogliame secco, avrebbero fatto un sacco di rumore.

«Voglio andare a casa...» sussurrò ancora Filippo.

«Va bene, torna a casa, io continuo a seguire l'orco cattivo...» disse Camilla, sapendo che il fratellino non si sarebbe mai staccato da lei.

«Da solo no» disse infatti Filippo.

«Allora zitto... Stammi dietro.»

«Uffa...»

«Ssst, non fiatare...» Camilla si era fermata, con lo sguardo puntato in avanti come un fucile... L'uomo si era avvicinato a una grande macchia di vegetazione molto fitta, e a un tratto era scomparso là in mezzo, come inghiottito. Camilla avanzò a capo chino, seguita da Filippo, e si nascosero dietro un cespuglio a una cinquantina di metri dalla macchia.

«Che si fa?» bisbigliò Filippo, scontento e agitato.

«Aspettiamo...»

«Uffa!»

« Sai solo dire uffa. » Se ne stavano rannicchiati, in attesa che accadesse qualcosa. Filippo non ne poteva più, e Camilla non ne poteva più di lui. Ma non dovettero aspettare a lungo. Dopo meno di cinque minuti l'uomo sbucò dalla fitta vegetazione, e si spolverò il cappotto.

« Eccolo » disse Camilla, solo con le labbra. Filippo era terrorizzato. L'uomo con il cappellaccio nero si avviò tra gli alberi, più o meno in direzione dei due bambini, con quel passo sbilenco che faceva un po' paura. Camilla si sdraiò dietro il cespuglio, tirando in terra anche il fratellino, e gli fece un verso per dirgli di non fiatare. L'uomo passò a qualche metro da loro, lo sentirono tossire e borbottare, e lo videro allontanarsi giù per il pendio, verso il sentiero. Aspettarono che si fosse allontanato di un centinaio di metri, poi ricominciarono a respirare.

« Secondo te è matto? » disse Camilla.

« Non lo so... voglio andare a casa... »

« Aspetta un attimo, adesso andiamo... Voglio solo vedere cosa c'è là dietro... »

« E se quello torna? »

« Ma no, è laggiù... Però se vedi che torna vieni a chiamarmi. »

« Da solo non ci sto! » disse Filippo, dandole una botta sul braccio.

« Tu non vieni... Potrebbe essere pericoloso, e tu

sei troppo piccino... Ci metto solo un minuto...» disse lei, con l'aria da grande.

«Non andare.»

«Basta, nasconditi bene e non fiatare.»

«Ma se torna?»

«Non torna... Aspettami qui, non ti muovere» disse Camilla, sicura di sé, e partì ignorando le proteste del fratellino. Avanzò piano piano tra i cespugli, verso la macchia fitta che pochi minuti prima aveva inghiottito l'uomo. Filippo si nascose dietro una grossa pietra che spuntava dal terreno, guardandosi in giro con il cuore che batteva svelto. Sua sorella era matta, era tutta matta... e se quello tornava e li trovava? Se era un uomo cattivo? Un uomo malato? Se li rapiva e li ammazzava? Intanto guardava Camilla camminare piegata in avanti, e tremava per lei... Una pazza, era una pazza! La vide sparire dentro la macchia, come era successo allo zoppo. E se non tornava? Passavano i minuti. Filippo sudava dalla paura. Guardava il bosco, sentiva mille rumori, vedeva ombre che forse non c'erano, o forse sì... il sole stava quasi per tramontare, il cielo diventava sempre più scuro... A un tratto vide Camilla sbucare come un razzo dalla vegetazione e correre verso di lui con le mani avanti e gli occhi sbarrati...

*

La mamma guardò l'orologio, si voltò verso la finestra e vide che la luce del giorno stava diminuendo. I bambini non erano ancora tornati, chissà cosa stavano facendo. Camilla stava diventando una signorina, cominciava a manifestare una certa insofferenza verso i genitori, ma era normale. Gli ormoni erano in subbuglio, l'adolescenza voleva dire anche desiderio di indipendenza, ma con la paura infantile di sentirsi abbandonati. Una situazione complessa e complicata, sui due fronti: genitori e figli affrontavano un'impresa sconosciuta e imprevedibile. Lei si ricordava bene come si sentiva, durante l'adolescenza. Era stato un periodo difficile e doloroso, anche pericoloso, che solo molti anni dopo poteva ricordare con un sorriso. Una mamma doveva dosare con attenzione il controllo e la fiducia. Lasciare le briglie più sciolte per accompagnare i figli verso l'indipendenza, ma saper osservare ogni cambiamento ed essere sempre pronta a intervenire, a costo di diventare antipatica. Meglio farsi odiare da una bambina, che lasciarle correre dei rischi. Il tempo per chiarire le cose sarebbe arrivato, prima o poi. Adesso si doveva solo vigilare e proteggere, possibilmente senza darlo a vedere. Lei aveva accantonato le notifiche del registro elettronico, e lo aveva anche detto a Camilla... *Non controllerò se vai a scuola o non ci vai, mi fido di te...* In realtà non voleva togliere a sua figlia un'occasione di crescita come fare forca a scuola, e considerava altamente diseducativo quello strumento di controllo. Una volta aveva visto Camilla in giro per Firenze con due amiche in orario di scuola, e non le aveva detto nulla, non aveva voluto rovinare quel momento tutto suo.

«Com'è andata a scuola?»

«Bene, mamma...» Camilla era arrossita, e lei aveva fatto finta di nulla. Aveva sentito che era giusto così. Anche lei da ragazzina aveva fatto forca diverse volte, e il senso di colpa che aveva provato era stato importante per cominciare a sentirsi più grande, insomma per tagliare i primi filamenti che la legavano ai genitori...

«Com'è andata a scuola?»

«Bene, mamma...» Anche lei aveva risposto così. Mentire l'aveva precipitata in una solitudine angosciosa, però aveva anche sentito di essere più forte, più indipendente... Ovviamente questi ragionamenti erano arrivati molti anni più tardi, quando era già adulta.

Filippo invece era ancora un bambino, aveva davanti molti anni prima di arrivare al periodo critico dell'adolescenza, e si sa che i maschi maturano più tardi, a volte forse mai, pensò sorridendo. Posò il libro e si alzò. Si affacciò in cucina per vedere cosa combinava suo marito, e lo trovò impegnato a preparare alcuni piatti per la cena di Capodanno del giorno dopo.

«Ci vuole così tanto a sbucciare una patata e a cuocere la pasta?» gli disse, ridendo.

«Ci sono ricette che hanno bisogno di due o tre giorni» rispose lui, concentrato.

«Se una donna ti porterà via da me, sarà perché sai cucinare.»

«Ah, non perché sono bellissimo?»

«Le due cose insieme sono irresistibili, ma la cucina è più importante.»

«Devo ancora perfezionarmi...» disse lui, riuscendo a essere al tempo stesso modesto e fiero.

«Se ti tagli un dito, non cuocerlo insieme allo spezzatino.»

«Le reliquie le metto a mummificare...»

«Scemo... Vado a cercare i bambini.» Lasciò il marito tra i vapori e uscì in giardino.

«Camilla! Filippo!» Non sentendo nessuna risposta continuò a camminare verso il cancello che portava nei campi, e chiamò più forte.

«Camillaaa! Filippooo!»

«Mamma, siamo qua...» gridò Camilla.

«Dove?»

«Qua fuori...» La bambina aprì il piccolo cancello del giardino, tenendo per mano Filippo.

«Dove siete andati?»

«Qua dietro, dove c'è il melo» mentì Camilla, sbirciando il fratellino per controllare che non la tradisse.

«Siete sudati...»

«Abbiamo corso un po'» disse la bambina.

«Che hai, Filippo?» chiese la mamma, vedendolo un po' strano e taciturno.

«È stanco» rispose per lui la sorella.

«Andiamo a fare una bella doccia, poi il babbo vi aspetta in cucina...»

«Io le cipolle non le taglio» disse Camilla.

«Io nemmeno» disse Filippo.

«Sei sveglia?» sussurrò Filippo, nel buio.

«No...»

«Allora perché rispondi?»

«Non ho voglia di parlare» disse Camilla, scontrosa. Nella villa di Firenze avevano una camera per uno, ma quando erano in campagna dormivano nella stessa stanza.

«Ma che è successo nel bosco? Cos'hai visto?»

«Nulla...»

«Bugiarda» bisbigliò Filippo, e accese la luce.

«Dai, spegni.»

«Dimmi cosa è successo, correvi come se avevi visto un fantasma.»

«Si dice avessi, non avevi, scemo...»

«Dai dimmelo.» La porta della camera era chiusa, e di lontano si sentiva la televisione... una musica, gente che parlava, era un film...

«Non ho visto nulla» disse di nuovo Camilla.
«Allora perché correvi?»
«Perché mi andava di correre.»
«Uffa, sei stronza.»
«Lasciami in pace, voglio dormire.»
«Di che avevi paura?»
«Non ho paura di nulla, basta... Spegni o vengo a farti il solletico» lo minacciò Camilla, tirandosi su. Filippo spense subito la luce, aveva il terrore del solletico... sua sorella era forte, riusciva a mettergli le mani dappertutto, lui rideva fino a perdere il fiato e aveva l'impressione di morire. Però lei non diceva la verità, ne era sicuro... Camilla era uscita da quella macchia correndo come una pazza con gli occhi sbarrati e le mani avanti, erano scappati insieme fino al sentiero e avevano continuato a correre, erano sbucati fuori dal bosco e avevano corso ancora fino a metà del sentiero che saliva verso casa, poi si erano fermati a riprendere fiato. Filippo le aveva chiesto cos'era successo, ma lei aveva detto che non era successo proprio nulla, aveva solo voglia di fare una corsa, poi si era incamminata e lui le era andato dietro, ciondolando e continuando a chiedere cosa era successo, ma lei faceva spallucce e rispondeva «nulla». Filippo aveva insistito fino a che non avevano sentito la voce della mamma.

Durante la cena Camilla aveva sbirciato di continuo suo fratello, pronta a dargli un pizzicotto se avesse tirato fuori qualche parola sbagliata.

«Siete strani» aveva detto il babbo, e anche la mamma li guardava con aria indagatrice.

«Siamo un po' stanchi» aveva detto Camilla, la bugiarda, sotto lo sguardo furbo di suo fratello.

«Stasera a letto presto, così domani riuscite a stare svegli fino a tardi» aveva detto la mamma. Poi l'atmosfera si era sciolta e nessuno aveva più fatto caso alla stranezza dei due bambini.

Adesso che erano a letto, Filippo era tornato alla carica, voleva sapere cos'era successo... doveva per forza essere successo qualcosa, ne era più che sicuro, e non si dava pace. Aspettò qualche minuto, poi la curiosità prese di nuovo il sopravvento.

«Cosa c'è dietro quelle frasche?» sussurrò. Ci fu un secondo di silenzio, si sentì un fruscio di lenzuola e un istante dopo Camilla era sopra di lui per la punizione del solletico...

«Te l'avevo detto.»

«Noooo... ahahah... basta... ahahah... aiuto...»

«Smetti di fare domande?»

«Sì... ahahahah... sì... smetto... ahahahah...»

«Giura.»

«Giuro... ahahah... giuro... giur...»

«Hai giurato» disse Camilla, tornando nel suo letto. Filippo ricominciò a respirare, ma se l'era vista brutta.

« Puttana... » mormorò arrabbiato, usando una parola che aveva imparato alla televisione.

« Meglio puttana che idiota come te. »

« La sorella peggiore del mondo... »

« Lasciami in pace... »

« Stronza » disse Filippo, rannicchiandosi sotto le coperte. Rimasero in silenzio per qualche minuto, poi fu lei a parlare.

« Domani pomeriggio torniamo là » disse.

« Te sei tutta pazza... »

« Se vuoi sapere cosa ho visto devi venire con me. »

« Mi vuoi fregare... »

« Giuro sulla mamma che te lo dico, ma solo quando siamo nel bosco. »

« Uffa... »

La mattina dopo il babbo si prese una pausa dalla cucina, e partirono sul presto per fare una piccola gita a Siena, che da casa loro distava meno di trenta chilometri. Nonostante le battaglie, Camilla non aveva ancora un suo telefono personale, e in attesa di quel momento, quando la famiglia era in macchina aveva il permesso di sequestrare quello della mamma. Girellava sui social, faceva qualche gioco, scattava foto. Filippo stava quasi sempre in piedi tra le spalliere dei due sedili davanti e guardava la strada. Il babbo aveva acceso la radio per ascoltare le notizie. Dopo la politica e la guerra in Ucraina, parlarono di una bambina di otto anni scomparsa nella campagna di Montelupo...

«Ascoltiamo un po' di musica?» disse la mamma, e girò canale.

«Mamma lascia, voglio sentire» disse Camilla. La mamma guardò il babbo, lui alzò le spalle e annuì... che senso aveva nascondere certe cose? La mamma rimise il notiziario.

«... altre bambine nei mesi scorsi, sempre nella campagna toscana... Bivigliano, Lamporecchio, La Briglia... Con Beatrice, scomparsa ieri nel tardo pomeriggio, sono quattro, tutte tra i sei e gli otto anni... Le modalità sono sempre le stesse, gli inquirenti sono convinti che i rapimenti siano collegati... Sentiamo adesso il commissario di polizia incaricato delle indagini...» Camilla aveva smesso di guardare lo smartphone e ascoltava con molta attenzione, come se la faccenda la riguardasse personalmente. Intanto sbirciava il fratellino, che non sembrava nemmeno ascoltare la radio. Quando il notiziario voltò pagina, Camilla ricominciò a giocare, senza fare commenti.

A Siena camminarono tutta la mattina in mezzo ai turisti italiani e stranieri, sotto un bel sole che continuava a regalare all'aria un piacevole tepore, quasi da inizio primavera. Un inverno davvero particolare...

*In questa piazza corrono i cavalli... si chiama Palio... esiste da quattro secoli... Siena è divisa in contrade... Sapete come mai si chiama Torre del Mangia?*

All'una meno un quarto avevano già fame, e andarono a pranzo in un ristorantino non turistico. Visto che la cena di Capodanno sarebbe cominciata non prima delle dieci, i due bambini furono lasciati a briglie sciolte, e mangiarono più del Mangia. A cena sarebbero venuti alcuni amici con i loro figli, una tavolata di quindici persone.

« Stasera a che ora arrivano gli altri? » chiese la mamma.

« Più o meno alle dieci meno un quarto » disse il babbo.

« Giusto per mettere i piedi sotto il tavolo. »

« Come te... »

« Sei tu che non vuoi aiuto, o nobile chef... »

« Mi è bastato dirlo una sola volta » disse lui, sorridendo.

« E indietro non si torna, caro mio. »

« Gli eroi sono sempre solitari... » sospirò il babbo, con aria drammatica. Filippo scalpitava sulla sedia.

« Stasera che si mangia? » chiese, con il boccone in bocca.

« Non vi dico nulla, è una sorpresa. »

« Uffa... e se non mi piace? »

«Ti farò gli spaghetti al pomodoro» disse la mamma.

«Quanto sei noioso» disse Camilla, che per tutta la mattina era stata più silenziosa del solito.

Alle tre la macchina si fermò nel giardino della casa di campagna. Si doveva continuare a organizzare la cena di Capodanno. Prima di entrare il babbo si voltò a guardare le onde delle colline che si perdevano in lontananza, ricoperte in piacevole armonia di oliveti, boschi e vigne.

«Bambini, vi rendete conto di che posto magnifico è questo?»

«Io non sono più una bambina» disse Camilla, fulminandolo con lo sguardo.

«Oh mi scusi signora Camilla...» disse il babbo inchinandosi di fronte a lei, e Filippo scoppiò a ridere. La bambina fece finta di nulla, ma le narici del suo bel nasino altezzoso vibravano di sdegno. Sua mamma, guardandola, pensò che quella ragazzina non era solo bella, ma aveva qualcosa di speciale, e ben presto avrebbe fatto innamorare un sacco di poveri maschietti. Il babbo smise di punzecchiarla e aprì la porta. Entrarono in casa, e sentirono subito gli odori buoni della cucina.

«Vado nel mio regno» disse il babbo. I bambini andarono a fare la pipì, bevvero un bel bicchiere d'acqua e dissero che uscivano a giocare. La mamma si affacciò nel corridoio.

«Non vi allontanate, e prima che faccia buio tornate in casa» disse, più o meno come sempre.

«Sì, mamma...» rispose Camilla, e si tirò dietro la porta. La mamma andò in salotto per accendere il fuoco. Si sarebbe messa a leggere sul divano, come faceva in quei giorni, ma aveva promesso al marito che a fine pomeriggio avrebbe apparecchiato la tavola con l'aiuto dei bambini. Pensò con tristezza alle bambine rapite... Camilla aveva già undici anni, non sette o otto, e i rapimenti erano avvenuti in zone lontane... e poi era una ragazzina sveglia, e poi non era da sola... e poi cosa andava a pensare, mamma mia.

Camilla passò dal garage, prese Filippo per un braccio e si avviò a passo svelto lungo il sentiero che portava al bosco. La campagna era una meraviglia, sotto quel cielo limpido di fine dicembre, ma lei aveva una cosa in mente e non pensava a nient'altro.

«Dai, muoviti...»

«Ora mi devi dire cosa hai visto ieri» disse Filippo.

«Ancora non siamo nel bosco...»

«Uffa!»

«Che noia con questo uffa...» sbuffò Camilla, accelerando il passo. Arrivarono in fondo al sentiero e si immersero nel bosco.

«Ora me lo dici...»

«Va bene te lo dico, però non ti azzardare a scappare...»

«È una cosa brutta?»

«Non ho visto nulla.»

«Sei una bugiarda!»

«Aspetta... non ho visto nulla ma ho sentito una cosa... cioè, ho visto che dietro quelle frasche ci sono delle rocce... c'era poca luce ma ho visto un'apertura... forse c'è una grotta... non mi sono avvicinata... non vedevo bene...»

«Avevi paura!» la interruppe Filippo, per darle una coltellata.

«Macché paura... non si vedeva niente... comunque non ti dico più nulla...»

«No no, me l'hai giurato.»

«Allora zitto...»

«Dai, dimmi.»

«Insomma ero ferma lì a guardare... e ho sentito un lamento.»

«E chi era?»

«È quello che voglio scoprire... sembrava una bambina, o forse una donna...»

«Ma che dici?»

«Secondo me lo zoppo è quello che rapisce le bambine.»

«Allora chiamiamo la polizia» disse Filippo, puntando i piedi.

«Io vado là e te vieni con me» disse lei convinta,

continuando a tenere il fratello per un braccio perché non scappasse, come un carabiniere che si tira dietro un colpevole. Filippo sbuffava.

«Dai andiamo via!»

«No no no... noi andiamo là a vedere, e se lo zoppo è quello delle bambine chiamiamo la polizia...»

«Ma se ci scopre?»

«Non ci scopre...»

«Sei pazza, sei pazza... Andiamo via!»

«Ora basta... Te lo dico io che si fa... Ci nascondiamo lì vicino e aspettiamo... se dopo mezz'ora non vediamo nessuno vuol dire che lo zoppo non c'è, e io vado dentro a vedere... ho preso la torcia del babbo...» disse lei, battendo una mano sulla tasca del cappottino.

«Ma perché vuoi fare questa cosa?» si lamentò Filippo.

«Salveremo una vita umana» rispose Camilla, usando parole che aveva sentito in un film.

«Se lo zoppo ci trova ci ammazza...»

«Non ci trova, fidati di me... Ci faranno tutti i complimenti, anche il presidente della Repubblica...»

«Sai che me ne importa! Quello ci ammazza!»

«Mi hai rotto, non ti sopporto più... Adesso stiamo zitti e andiamo là...» disse Camilla, spazientita. Il fratellino stronfiava, ma si lasciava trascinare. Continuarono a inoltrarsi nel bosco come il giorno prima, poi uscirono dal sentiero e si arrampicarono su per la collina. Dopo un po' avvistarono la grande macchia di vegetazione. Camilla cercava di rassicurare il fratellino con sorrisi e occhiate d'intesa.

«Nascondiamoci qua» sussurrò, accovacciandosi dietro una grande roccia. Da quella posizione si poteva vedere il nascondiglio dello zoppo. Filippo si sedette in terra, imbronciato.

«Questa è pazza...» bisbigliò tra i denti. Sua sorella non capì le parole ma intuì il senso, e lo minacciò con lo sguardo. Si misero ad aspettare. Passavano i minuti, lunghi come non mai. Se ne stavano rannicchiati tra i cespugli, circondati da fruscii che li facevano sobbalzare. Dopo quasi mezz'ora Camilla decise che era arrivato il momento di andare a vedere.

«Non ti muovere da qui, per nessun motivo... torno il prima possibile...»

«Qui da solo non ci rimango» disse Filippo.

«Falla finita!»

«O vengo con te o mi metto a gridare.»

«Sei uno scemo!»

«Giuro che lo faccio.» Era una minaccia seria, si capiva dal suo sguardo. Camilla alzò gli occhi al cielo.

«E va bene, andiamo insieme... ma non voglio sentir volare una mosca, nemmeno se vediamo una strega.»

«Sto zittissimo.»

«Giura...»

«Giuro.»

«Se fiati non sai quello che ti capita.»

«Non fiato.»

«Andiamo... Stai dietro di me...» disse Camilla, rassegnata ma furiosa. Avanzarono a capo chino tra i cespugli di ginepro, fino alla macchia. Filippo era pallido, gli tremavano le labbra. Camilla prese la torcia del babbo, la accese, si infilarono a fatica dentro la fitta vegetazione... andavano avanti con lentezza, trattenendo il respiro... si avvertiva solo il lievissimo fruscio dei cappotti che strusciavano contro il fogliame... dopo qualche metro intravidero una grossa pietra che nella parte alta aveva un'apertura, certamente l'ingresso di una grotta... chissà quanto era profonda... si avvicinarono all'entrata, e a un tratto si sentì quel lamento acuto... sembrava davvero una bambina... un attimo dopo sentirono una voce alle loro spalle...

«E voi che ci fate qua?» Si voltarono, pietrificati, e la torcia di Camilla illuminò la faccia dello zoppo.

«Spero che non venga una porcheria» disse il babbo entrando in salotto, asciugandosi le mani in un canovaccio. Aveva ancora il grembiule e un cappello da cuoco sul capo.

«Possiamo sempre andare a mangiare la pizza» disse la mamma sorridendo.

«Non potrei sopportare cotale umiliazione...» declamò lui, con voce stentorea.
«Per adesso la tua cucina è commestibile, questo mi basta.»
«Voi volete uccidermi, madonna.»
«Ho sposato un ingegnere, non uno chef.»
«Nondimeno, io ambisco a divenirlo.»
«Scemo...»
«Lo nacqui... I bambini dove sono?» chiese il babbo, cambiando voce.
«Fuori a giocare.»
«Sta facendo buio...»
«Ma che ore sono?» disse la mamma un po' sorpresa.
«Le cinque meno un quarto» disse il babbo. La mamma guardò la finestra, in effetti stava facendo buio.
«Vado a chiamarli...» Posò il libro, e dopo uno sbadiglio si alzò.
«Mandali da me, devono imparare presto a conoscere le cose importanti della vita.»
«Prima devono fare una bella doccia.»
«Fredda, mi raccomando... mein General!»
«Non è vero... Se tutte le mamme fossero permissive come me...» disse lei, ridendo. Si dettero un bacio, poi il babbo tornò in cucina e la mamma uscì in giardino. Mancava poco al tramonto. Fu un po' sorpresa di non trovare i bambini.

«Camilla! Filippo! Dove siete?» Passò accanto alla macchina e arrivò fino in fondo al giardino, ma non li vide. Allora uscì dal cancellino che portava nel campo. In fondo al viottolo giallastro che scendeva tra i campi, il grande bosco sembrava quasi nero.

«Camillaaa! Filippooo!» gridò, ma non rispose nessuno... Ma dove erano? Corse in casa a chiamare il marito.

«Non trovo i bambini.»

«Ma che dici?» Il babbo uscì con lei e li chiamarono insieme... *Camillaaa... Filippooo...* Chiamavano sempre prima la bimba, perché era più grande.

«Ho paura» disse la mamma.

«Ma no, ci staranno facendo uno scherzo» disse suo marito, spaventato quanto lei.

«Non è divertente» disse la mamma.

«Ora arrivano...»

«Quelle bambine rapite...»

«Dai, non dirlo nemmeno...» Girarono intorno alla casa chiamando ancora, sempre più preoccupati. Il babbo decise di scendere giù per il viottolo che portava al bosco. Corse nel garage a cercare la torcia, ma non la trovò. Avrebbe usato quella del cellulare, anche se faceva poca luce.

«Resta a casa, vado laggiù a vedere» disse avviandosi.

«Stai attento...»

«A cosa?»

«Nulla, lo dicevo così...»
«Si saranno persi.»
«Sì... forse sì...»
«Manteniamo la calma» disse lui. Era già abbastanza lontano.
«Chiamo la polizia?» chiese la mamma, alzando la voce per farsi sentire.
«Per adesso no...»
«Hai preso la torcia?»
«Non l'ho trovata» gridò il babbo, continuando a scendere in fretta lungo il viottolo, facendo luce con il cellulare. Il sole era già sceso dietro la collina, e il cielo ancora chiaro sembrava coperto da un velo verdognolo. La mamma era sempre più agitata. Il tempo sembrava non passare mai. In fondo alla stradina la luce del cellulare scomparve nella massa nera del bosco. Lei si muoveva intorno alla casa, dentro e fuori dal giardino, senza perdere d'occhio la porta d'ingresso. Continuava a pensare alla notizia che avevano sentito alla radio... la bambina scomparsa nella campagna di Montelupo... le altre bambine rapite nei mesi precedenti, in zone diverse della Toscana... Dovette andare in cucina a bere un bicchiere d'acqua, le tremavano le gambe...
«No no Dio no ti prego ti prego...» bisbigliò, e sentendo uscire dalla propria bocca quelle parole si agitò ancora di più... Cercò di bloccare la fantasia, per

non immaginare scene che non avrebbe sopportato. Si precipitò fuori e uscì dal giardino. Sotto il cielo sempre più scuro si mise a guardare il lungo viottolo che scendeva in mezzo agli oliveti... in quel momento quel grande bosco nero le sembrava pieno di misteri e di pericoli, un bosco infernale... rimase a fissarlo, come se volesse spremerlo per farne uscire i suoi bambini... Rimase ad aspettare a lungo, pregando ogni Dio che conosceva...

A un tratto vide apparire una luce... no, erano due... nell'oscurità distingueva appena delle figure in movimento... le sembrava di riconoscere il modo di camminare di suo marito... sì, era lui... Camilla gli camminava accanto... e Filippo?... ecco, ora vedeva anche lui... mano nella mano con il babbo...

«Ehi, siamo noi... tutto a posto...» gridò suo marito di lontano... lei sentì le gambe piegarsi, si sedette in terra e scoppiò a piangere. Quando erano a una cinquantina di metri, Camilla e Filippo si misero a correre verso di lei lasciando indietro il babbo...

«Mamma mamma, vedessi com'è bellina!» Filippo saltava dalla gioia, e anche Camilla sembrava tornata un po' bambina.

«Dove siete stati?» chiese la mamma, curiosa e commossa.

«È ferita...»

«Una trappola...»

« La zampa rotta... » I bambini si rubavano la parola, affannati.

« Se parlate insieme non capisco... uno per volta... » disse la mamma.

« Una volpe... »

« L'ha trovata un signore... »

« Nel bosco... »

« Una trappola... »

« Ha una zampa rotta... »

« La sta curando... »

« È in una grotta... »

« Si fa accarezzare... »

« La deve tenere in una gabbia... »

« Poverina... »

« A casa non la può portare... »

« Ha dei cani... »

« È quasi guarita... »

« L'abbiamo accarezzata... »

« Vedessi com'è bellina... »

« Ha un musino... »

« Perché quando guarisce non la prendiamo noi? » disse Filippo. La mamma gli fece una carezza.

« Tesoro, le volpi sono animali selvatici, devono stare nel bosco... »

« Però andiamo a trovarla... » disse Camilla. Era arrivato anche il babbo.

« Adesso vediamo, ma non da soli » disse la mamma.

«Non ci siamo accorti dell'ora...»

«Era così bellina...»

«Si fa accarezzare...» continuava a dire Camilla. Il babbo si avvicinò a sua moglie, e sorrise con aria d'intesa. Una bella paura. La mamma gli prese la mano e si avviarono verso casa.

«La volpe l'hai vista?»

«No, i bambini stavano già tornando, li ho trovati lungo il sentiero... erano al settimo cielo...»

«Vedo...» disse lei sorridendo.

La cena dell'ultimo dell'anno era buonissima, e si stavano anche divertendo un sacco. Il babbo era allegro, sparava una battuta dietro l'altra, faceva ridere tutti... tranne la mamma, che sorrideva appena ma era silenziosa. Nel suo sguardo c'era un'ombra di tristezza, che cercava di dissimulare. Pensava a quei genitori che non potevano festeggiare il Capodanno per colpa di un mostro che aveva rapito le loro bambine, e non riusciva a sentirsi leggera. Per pochi eterni minuti, nel pomeriggio, lei aveva vissuto quella sensazione, quel dolore inimmaginabile e devastante... le era rimasto dentro un senso di spavento e di desolazione, e durante la cena le capitava di assentarsi mentalmente... Quando a mezzanotte saltò il tappo dello champagne, lei sobbalzò sulla sedia, poi sforzandosi di sorridere brindò con tutti gli altri a un anno migliore, come sempre si faceva affidandosi a una speranza che non aveva nulla di logico... Ma l'immaginario era più forte e più importante di ogni logica, grazie al cielo. La mamma guardava i suoi bambini che bagnavano le labbra nello champagne, e di nascosto si asciugò una lacrima.

La mattina del primo dell'anno i bambini si erano svegliati molto tardi, e avevano trovato i genitori indaffarati a rimettere a posto la cucina e a preparare il pranzo con gli avanzi del cenone. Dopo pranzo Camilla e Filippo volevano andare alla grotta dello zoppo a trovare la volpina ferita, ma la mamma aveva detto che da soli non se ne parlava nemmeno, e così il babbo li aveva accompagnati. I bambini non lo sapevano, ma il babbo si era portato anche la pistola, sempre su « ordine » della mamma, ancora scossa dalla notizia sulle bambine rapite e soprattutto dall'attesa angosciante vissuta il giorno prima. Alla grotta lo zoppo non c'era, ma erano entrati lo stesso, facendo luce con la torcia del babbo. Avevano salutato la volpe, che ormai stava bene, le avevano portato da mangiare, avevano infilato le mani tra le sbarre della gabbia e l'avevano accarezzata... Quanto era carina, la volpe... Poverina, chiusa nella gabbia, ma era per il suo bene, e lei lo sapeva, si faceva coccolare, era quasi guarita... Sarebbero rimasti insieme a lei per chissà quanto, ma come avevano promesso alla mamma erano tornati molto prima del tramonto.

A casa Filippo si era tuffato in un gioco elettronico. Camilla si era chiusa in camera a leggere il suo librino, visto che era grande. A fine pomeriggio i bambini furono richiamati al dovere, per dare una mano alla mamma ad apparecchiare. Quella sera sarebbero venuti i nonni, tutti e quattro. Il televisore era acceso, con il volume basso, in attesa di un telegiornale. La mamma andava e veniva senza fretta dalla cucina per prendere i piatti, i bicchieri, le posate, i tovaglioli, e tra un viaggio e l'altro si fermava volentieri a parlare con il babbo. I bambini intanto sistemavano la tavola, sotto la direzione di Camilla. Non facevano troppo caso alla televisione, a parte ogni tanto una sbirciata veloce, perché uno schermo acceso non è mai facile da ignorare... A un tratto rimasero a bocca aperta di fronte alla foto di un uomo... sotto c'era una scritta: ARRESTATO IL RAPITORE DELLE BAMBINE. Si avvicinarono in silenzio al televisore per ascoltare la notizia: «La polizia ha ritrovato vive le quattro bambine rapite in questi mesi in Toscana... Erano chiuse nel fienile di un casolare di campagna isolato in mezzo al Chianti...»

Quando la mamma entrò in salotto trovò i due

bambini in piedi davanti al televisore, e anche lei si fermò a guardare la notizia.

«Tre delle bambine sono denutrite e in stato di choc, ma non sono in pericolo di vita... A rapirle è stato uno squilibrato di cinquantacinque anni che molti anni fa aveva perduto la figlia...»

La mamma piangendo corse in cucina a dirlo a suo marito.

«L'uomo non ha opposto resistenza... è stato portato al carcere di Sollicciano e messo in isolamento per proteggerlo dagli altri detenuti, che lo hanno minacciato di morte... è atteso per domani l'interrogatorio del giudice, che sicuramente chiederà una perizia psichiatrica... Adesso passiamo alla politica...» La foto del signore gentile che aveva curato la volpe con la zampina rotta aveva lasciato il posto al giornalista in piedi davanti a Palazzo Chigi... Arrivò anche il babbo, felice di quella notizia.

«Stasera sappiamo a cosa brindare» disse sorridendo. Sua moglie era sempre più commossa, si asciugava il viso con un fazzoletto. Il babbo la abbracciava e le baciava la guancia, poi si voltò verso i figli e vide che il loro sguardo aveva qualcosa di strano.

«Ehi bambini, che avete?»

«Nulla...» disse Camilla.

«Nulla...» disse Filippo. I fratelli si scambiarono un'occhiata incredula, con il cuore in gola. Loro due sì che sapevano a cosa dovevano brindare, quella sera... Ma c'era un altro problema: la volpina adesso era sola. Dovevano assolutamente salvarla, dovevano aprire la gabbia e liberarla nel bosco, tanto ormai era guarita. Camilla guardò Filippo, che capì al volo. La prossima missione sarebbe stata quella.

# *Note biografiche*

**Gianni Biondillo** (Milano, 1966) è architetto e scrittore. Presso Guanda ha pubblicato la serie dedicata all'ispettore Ferraro: *Per cosa si uccide*, *Con la morte nel cuore*, *Il giovane sbirro*, *I materiali del killer* (Premio Scerbanenco e Prix Violeta Negra 2011), *Cronaca di un suicidio*, *Nelle mani di Dio*, *L'incanto delle sirene*, *Il sapore del sangue* e *I cani del barrio*. Per Guanda sono usciti anche, tra gli altri: *Per sempre giovane*, *Metropoli per principianti*, *Come sugli alberi le foglie* (Premio Bergamo 2018), *Lessico metropolitano*, *Pasolini. Il corpo della città* e *Quello che noi non siamo*. Collabora con il cinema e la televisione, pubblica su quotidiani e riviste nazionali. Vive a Milano con la madre, la moglie e due figlie.

**Gian Andrea Cerone**, savonese classe 1964, milanese d'adozione, ha una lunga esperienza nell'ambito della comunicazione, dell'editoria tradizionale, televisiva e digitale. Tra i numerosi incarichi svolti, è stato responsabile delle relazioni istituzionali presso il ministero dello Sviluppo Economico e presso EXPO 2015. Nel 2018 ha fondato la piattaforma editoriale di podcast Storielibere. Nel 2022 ha pubblicato con Guanda *Le notti senza sonno*, primo romanzo che vede in azione la squadra investigativa dell'Unità di Analisi del Crimine Violento di Milano, vincitore del Premio Franco Fedeli dedicato alla narrativa poliziesca. Nel 2023 è uscito *Il trattamento del silenzio*, il secondo episodio della serie.

**Luca Crovi**, classe 1968, è critico rock, letterario ed esperto di noir e graphic novel e ha collaborato con diversi quotidiani e periodici. È editor di fumetti presso la Sergio Bonelli Editore. È autore di saggi come *Tutti i colori del giallo*, *Noir. Istruzioni per l'uso*, *Storia del giallo italiano*. Ha curato le antologie *Cuore di Tigre*, *Il cuore nero delle donne*, *Giallo al cabaret* e *L'occhio dell'assassino*. Ha dedicato al commissario Carlo De Vincenzi (ideato da Augusto De Angelis) i romanzi *L'ombra del campione*, *L'ultima canzone del Naviglio*, *Il gigante e la madonnina*, *La ballata degli affogati* e *Il mistero della Torre del Parco*.

**Giancarlo De Cataldo** (1956) vive a Roma. Scrittore, drammaturgo, sceneggiatore, autore di programmi per la televisione, collabora a *la Repubblica* e *La Stampa*. Fra le sue opere, spesso adattate per il cinema e la tv, *Romanzo criminale* (2002) e *Suburra* (2014, con Carlo Bonini). Il suo ultimo romanzo è *Colpo di ritorno* (2023).

**Marco De Franchi** (Roma, 1962) ha un passato da commissario capo di polizia, periodo durante il quale ha lavorato presso il Servizio Centrale Operativo (SCO), l'ufficio investigativo italiano che più si avvicina all'FBI. Le sue esperienze sul campo sono state fondamentali per la scrittura del thriller *La condanna dei viventi*, edito da Longanesi nel 2022 e in corso di traduzione in numerosi paesi. Nel gennaio 2024, sempre per Longanesi, esce il suo secondo romanzo, *Il maestro dei sogni*.

**Diego De Silva** è nato a Napoli nel 1964. Fra i suoi libri, usciti presso Einaudi, *Certi bambini* (Premio selezione Campiello 2001), *Non avevo capito niente* (Premio Napoli, finalista al Premio Strega 2007), *Mia suocera beve*, *Sono contrario alle emozioni*, *Mancarsi*, *Terapia di coppia per amanti*, *Divorziare con stile*, *Superficie*, *I valori che contano (avrei preferito non scoprirli)*, *Le minime di Malinconico* e *Sono felice, dove ho sbagliato?* I suoi libri sono tradotti in molte lingue.

**Andrea Fazioli**, nato nel 1978, vive a Bellinzona, nella Svizzera italiana. Guanda ha pubblicato *L'uomo senza casa* (Premio Stresa di Narrativa, Premio Selezione Comisso 2008), *Come rapinare una banca svizzera*, *La sparizione* (Premio Fenice Europa 2010), *Uno splendido inganno*, *Il giudice e la rondine*, *L'arte del fallimento* (Premio Fenice Europa 2016), *Gli svizzeri muoiono felici*, *Il commissario e la badante* e *Le strade oscure*. I suoi libri sono tradotti in varie lingue. Gestisce il blog andreafazioli.ch/blog

**Marcello Fois** è nato a Nuoro nel 1960 e vive a Bologna. I suoi libri sono tradotti in molte lingue. Presso Einaudi ha pubblicato *Ferro Recente*, *Meglio morti*, *Dura madre*, *Piccole storie nere*, *Memoria del vuoto* (Premio Super Grinzane Cavour 2007 – Supervincitore Narrativa italiana e Premio Paolo Volponi 2007), *Sheol*, *L'ultima volta che sono rinato*, *Sempre caro*, *Stirpe* (Premio Città di Vigevano e Premio Frontino Montefeltro 2010), *Sangue dal cielo*, *L'altro mondo*, *Nel tempo di mezzo* (finalista al Premio Campiello e al Premio Strega 2012), *L'importanza dei luoghi comuni*, *Luce perfetta* (Premio Asti d'Appello 2016), *Manuale di lettura creativa*, *Quasi Grazia*, *I Chironi* (trilogia che raccoglie in un unico volume *Stirpe*, *Nel tempo di mezzo*, *Luce perfetta*), *Del dirsi addio*, il libro in versi *L'infinito non finire*, *Pietro e Paolo* e *L'invenzione degli italiani. Dove ci porta* Cuore.

**Leonardo Gori** è nato nel 1957 a Firenze, dove vive. È autore del ciclo dei romanzi di Bruno Arcieri: prima capitano dei carabinieri nell'Italia degli anni Trenta, poi ufficiale dei servizi segreti durante la Seconda guerra mondiale e infine inquieto senior citizen negli anni Sessanta del Novecento. Il primo romanzo della serie è *Nero di maggio*, ambientato a Firenze nel 1938, cui sono seguiti, tra gli altri, *Il passaggio*, *La finale*, *L'angelo del fango* (Premio Scerbanenco 2005), *Musica nera*, *Il ritorno del colonnello Arcieri*, *La nave dei vinti*, *Il ragazzo inglese*, *La lunga notte* e *Quella vecchia storia*.

**Marco Vichi** è nato nel 1957 a Firenze e vive nel Chianti. È autore della serie dedicata al commissario Bordelli, di cui Guanda ha pubblicato tutti i romanzi: *Il commissario Bordelli*, *Una brutta faccenda*, *Il nuovo venuto*, *Morte a Firenze* (Premio Scerbanenco 2009), *La forza del destino*, *Fantasmi del passato*, *Nel più bel sogno*, *L'anno dei misteri*, *Un caso maledetto*, *Ragazze smarrite*, *Non tutto è perduto* e *Nulla si distrugge*. Sempre per Guanda ha pubblicato inoltre, fra gli altri: *Nero di luna*, *Ombre*, *La casa di tolleranza*, *Vite rubate* (con Leonardo Gori) e il graphic novel *Reparto Macelleria* (con Monica Fabbri). Il suo sito internet è www.marcovichi.it

# *Indice*

Questo libro è stampato col sole

Azienda carbon-free

Certificato PEFC

Questo prodotto è realizzato con materia prima da foreste gestite in maniera sostenibile e da fonti controllate

PEFC
PEFC/18-31-226

www.pefc.it

Fotocomposizione Editype S.r.l.
Agrate Brianza (MB)

Finito di stampare
nel mese di novembre 2023
per conto della Ugo Guanda S.r.l.
da Grafica Veneta S.p.A. di Trebaseleghe (PD)
Printed in Italy